光源氏と女君たち

十人十色の終活

石村きみ子

国書刊行会

はじめに

『源氏物語』は光源氏《ひかるげんじ》や女君の恋愛模様から、時を追って「老いていく様」を見事にとらえ、そこには美的な雰囲気すらかもし出されている。

『源氏物語』から「終活」を知る？「老い方」を読み取る？　これには違和感を持たれるかもしれない。

そう『源氏物語』と言えば、平安貴族の織りなす恋物語、なかでも一級貴族貴公子光源氏が美女たちとの華麗な愛の遍歴が、作者紫式部《むらさきしきぶ》の緻密で巧妙な心理描写に導かれて、読む者を引きつけてやまない物語である。

一帖《じょう》（帖とは冊、巻と同じ意）の短編が連なって五十四帖の大長編小説となっている。若き貴族の男女の恋物語が一千年余も読み継がれ、日本だけではなく世界中で翻訳されて高い評価を得ている。

「愛」の楽しみ、喜び、悲しみ、切なさ、素晴らしさは一千年という長き年を経ても、世界の言語習慣を超えて、読者の胸に迫り、訴えかけ、心を掴んできたのだ。

そのことへの畏敬の思いに加えて今一度読み返してみると、改めてこの五十四帖《じょう》という膨大な物語には様々な年配者が登場していることに気付く。愛に目覚め、恋を語っているそれぞれの帖での主人公たちもいくたびかの四季を過ぎて、若き日の恋を懐かしんだり、思い出すことさえ苦々しく忘れたい相手だったり、時を経てからの彼ら、彼女らの思いにも紫式部は克明に光を当てていることに改めて驚く。

平均寿命四十年と言われた平安時代（桓武天皇《かんむてんのう》から高倉《たかくら》天皇までの歴代天皇三十一人の平均寿命は四十四歳）、元服（今の成人式である）は十二、三歳、結婚も早く、女性は十代後半で初産という例も多い。若き日を満喫している内に中年、老年はすぐに近づいてくる。

平安時代、老年期の算賀の儀には「四十《しじゅう》の賀《が》」から始まり「五十の賀」「六十の賀」と十年ごとに長寿を祝うが「四十の賀」は盛大で、現代の「還暦《かんれき》」と言えるだろうか。

もっとも少し前まで「還暦」とはよくぞ六十歳まで頑張って生き抜いたご褒美としての

祝いの賀であったが、最近では平均寿命が世界トップクラスとなり古希《こき》（七十の賀）、傘寿《さんじゅ》（八十の賀）でも誕生祝いの延長ぐらいであろうか。

それはさておき『源氏物語』の中では光源氏の「四十の賀」、朱雀院《すざくいん》の「五十の賀」など人生の「老い」への讃歌としての祝賀の様子が詳細に描かれている。

光源氏が、「四十の賀」の祝いの日に、賀の日が情けない、年を忘れて過ごしているのに、との言葉もあり、祝われつつも老境に入った頃のひがみの入り混じった心境は今と変わりはない。

若い頃には恋、愛ばかりを追いかけて読んでいた『源氏物語』は、何と深く「老い」の心理にも切り込んでいっていることか。

紫式部の生没の詳細は不明であるが、出生は九七三年から九七八年頃との説が有力であり、四十一、二歳頃に亡くなったのでは？　と言われ、『源氏物語』は二十九歳頃から書き始め、三十七、八歳ころに完了した様子。おおよそではあるが平安時代の年齢に二十歳くらいプラスした年齢が現在の年齢感覚と言われている。

紫式部は年の離れた夫に結婚生活三年ほどで死別し、娘一人を抱えての宮中勤めである。

時の権力者藤原道長《ふじわらのみちなが》にその才女ぶりを見込まれた、ラッキーではあっても子連れのキャリアウーマンである。

紫式部は『源氏物語』を執筆中は藤原道長の娘、一条《いちじょう》天皇の中宮彰子《ちゅうぐうしょうし》の女房として現役である。女房とは高級女官で、紫式部は彰子の家庭教師役といったところもあった。

若い姫君、女君の心理などは得意としても、老いの深い心境によくも巧みに迫れたものと感嘆する。

もちろん善人の老人ばかりではない。見事な年の取り方もあれば、楽隠居を決め込みながらも、思わぬ人生の暗転に出会ってうろたえる老後の様子などには現在でも他人事とも思われず身につまされる。

しかし、みな愛すべき老い方で、「老い」は一千年たっても変わらず人生に訪れ、あの貴公子光源氏の老い方も胸を突かれるものがある。

登場する女君たちと光源氏との恋物語を振り返りつつ、それぞれの人生の終焉まで見届けてみると改めて作者紫式部の真骨頂に触れることが出来る。

一千年余を経て、長き老後の時代を迎えて処し方に右往左往している今、光源氏をはじめ女君たちの老い方、終活に、読者は指針と安堵を得ることができるのではないか、と思う。

なお、現代とは相違する結婚の形態、家柄、官位などについて、その帖の手助けとなるような事柄を記しつつ、物語を存分に楽しめるように一帖一帖のクライマックスをとらえてみた。平安時代に感情移入して、『源氏物語』を、若き華やかな恋愛物語から、登場人物の一生までさらに深く味わう楽しみに出会ってもらいたいとの願いである。

好みの女君の帖などをピックアップして原文なり口語訳などでの再読の一助になれば、と思い、引用した原文のお終いには帖名を記載した。

原文は岩波書店版　日本古典文学大系『源氏物語』一～五（昭和四十七～四十八年度版）から引用し、縦ケイ線の間に大文字で挿入して、わかりやすい訳も付加したので、ご参照されたい。

なお、引用部分は、和歌、会話、地の文、それぞれから本書の意図に合う部分を引用しているため、文末の句読点を省略して読みやすくした所もあることをご了解いただきたい。

己の「老い」「終活」をも甘受し楽しめるようになれれば幸いである。

本文を読む前に

『源氏物語』は五十四帖という長編で、筋も情景も、綾《あや》なす織物のように美しく展開されていくが、人名も加わると、読み手は時として混乱してしまう。

そこで光源氏と女君たちとの関わりを簡単な図表にして挿入。

また、帖名に照らし合わせて源氏の年齢と官位も表に記入。

いずれも読まれる折りの一助にされたい。

なお、主人公「光源氏」の呼称は各章に頻繁に登場するので、章の初出に「光源氏」とし、以降は「源氏」と簡略化して記載した。

光源氏《ひかるげんじ》と女君《おんなぎみ》たち
十人十色の終活《しゅうかつ》

目次

光源氏にかかわる女君

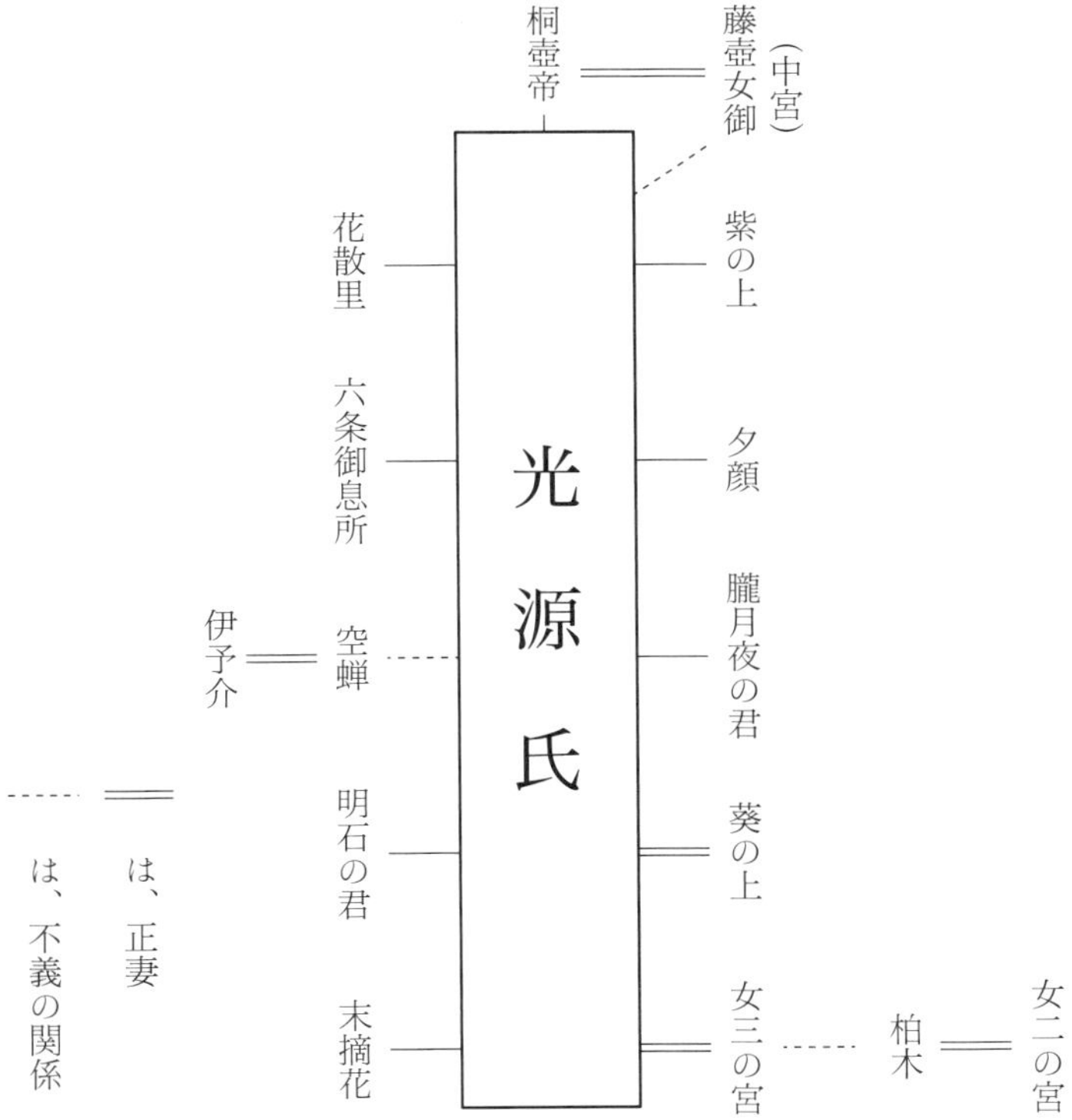
光源氏
桐壺帝
藤壺女御（中宮）
紫の上
夕顔
朧月夜の君
葵の上
女三の宮
柏木
女二の宮
花散里
六条御息所
空蝉
伊予介
明石の君
末摘花
＝は、正妻
……は、不義の関係

『源氏物語』系図（本書登場人物限定の簡易系図）

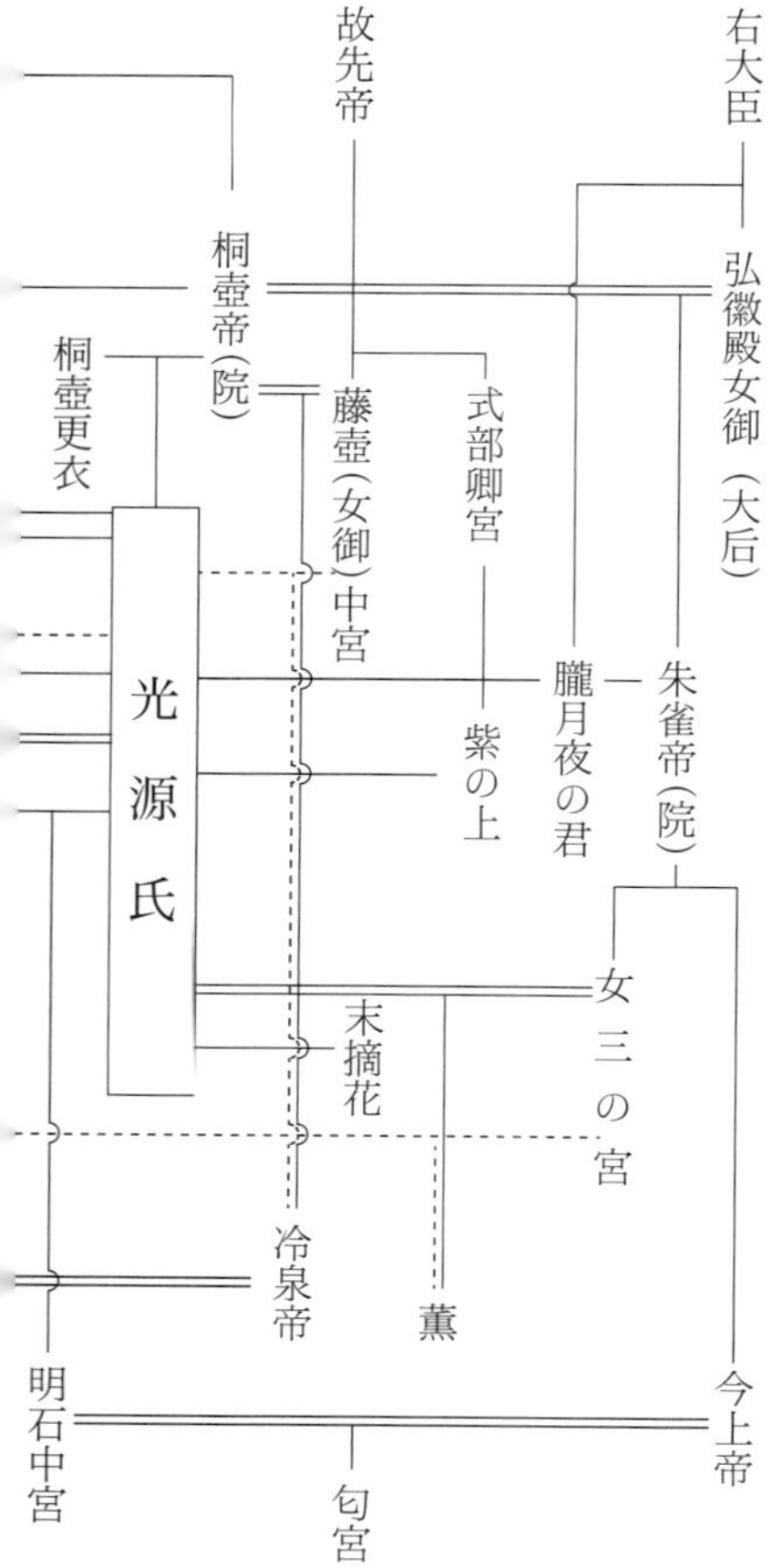

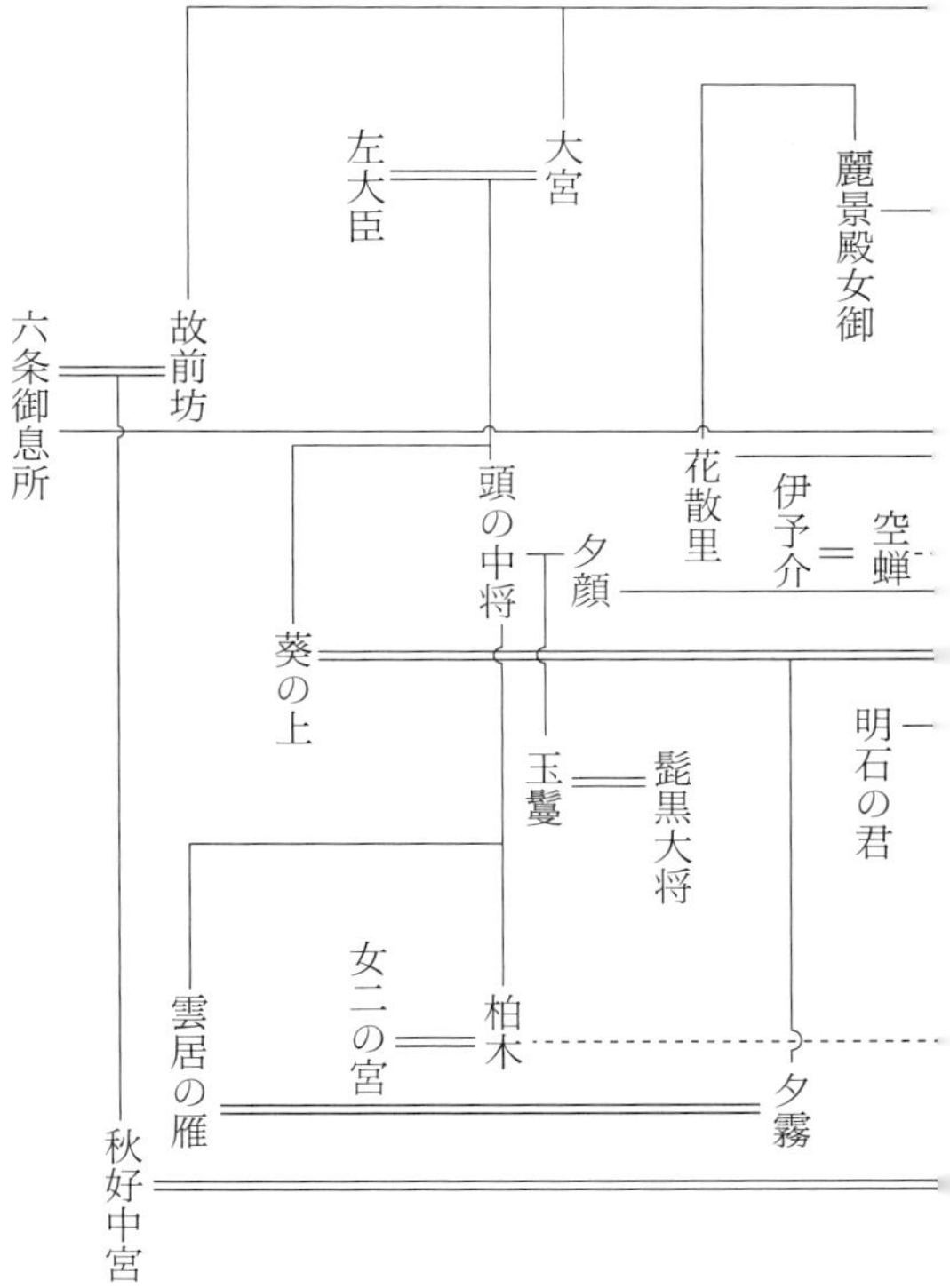
大宮
左大臣
麗景殿女御
故前坊
六条御息所
花散里
頭の中将
伊予介
空蝉
夕顔
葵の上
明石の君
玉鬘
髭黒大将
女二の宮
柏木
雲居の雁
夕霧
秋好中宮

＝は、正妻

----は、不義の関係

五十四帖と光源氏の年齢、官位

帖	光源氏の年齢	官位
桐壺《きりつぼ》	誕生から十二歳	
帚木《ははきぎ》	十七歳	近衛中将《このえのちゅうじょう》
空蝉《うつせみ》	十七歳	
夕顔《ゆうがお》	十七歳	
若紫《わかむらさき》	十八歳	
末摘花《すえつむはな》	十八から十九歳	
紅葉賀《もみじのが》	十八から十九歳	宰相中将《さいしょうちゅうじょう》
花宴《はなのえん》	二十歳	
葵《あおい》	二十二から二十三歳	近衛大将《このえのたいしょう》
賢木《さかき》	二十三から二十五歳	

花散里《はなちるさと》	二十五歳	
須磨《すま》	二十六から二十七歳	官位剥奪《かんいはくだつ》
明石《あかし》	二十七から二十八歳	復官　権大納言《ごんのだいなごん》
澪標《みおつくし》	二十八から二十九歳	内大臣
蓬生《よもぎう》	二十八から二十九歳	
関屋《せきや》	二十九歳	
絵合《えあわせ》	三十一歳	
松風《まつかぜ》	三十一歳	
薄雲《うすぐも》	三十一から三十二歳	太政大臣《だいじょうだいじん》に内定を辞退
朝顔《あさがお》	三十二歳	
乙女《おとめ》	三十三から三十五歳	太政大臣
玉鬘《たまかずら》	三十五歳	
初音《はつね》	三十六歳	
胡蝶《こちょう》	三十六歳	

蛍《ほたる》	三十六歳	
常夏《とこなつ》	三十六歳	
篝火《かがりび》	三十六歳	
野分《のわき》	三十六歳	
行幸《みゆき》	三十六から三十七歳	
藤袴《ふじばかま》	三十七歳	
真木柱《まきばしら》	三十七から三十八歳	
梅枝《うめがえ》	三十九歳	
藤裏葉《ふじのうらは》	三十九歳	准太上天皇《じゅんだいじょうてんのう》
若菜《わかな》 上	三十九から四十一歳	
若菜《わかな》 下	四十一から四十七歳	
柏木《かしわぎ》	四十八歳	
横笛《よこぶえ》	四十九歳	
鈴虫《すずむし》	五十歳	

夕霧《ゆうぎり》	五十歳	
御法《みのり》	五十一歳	
幻《まぼろし》	五十二歳	
雲隠《くもがくれ》		
匂宮《におうのみや》		
紅梅《こうばい》		
竹河《たけかわ》		
橋姫《はしひめ》		
椎本《しいがもと》		
総角《あげまき》		
早蕨《さわらび》		
宿木《やどりぎ》		
東屋《あずまや》		
浮舟《うきふね》		

蜻蛉《かげろう》
手習《てならい》
夢浮橋《ゆめのうきはし》

一　光源氏《ひかるげんじ》は愛妻紫《むらさき》の上《うえ》を看取った後、一人で「老い」の始末をする

『源氏物語』の構成は三部に分けられると言われている。

第一部は「桐壺《きりつぼ》」から「藤裏葉《ふじのうらは》」の帖まで。

第二部は「若菜上《わかな》」から「雲隠《くもがくれ》」の帖まで。

第三部は「匂宮《におうのみや》」から「夢浮橋《ゆめのうきはし》」の帖。

第一部と第二部で光源氏の一生が語られ、第三部は彼の子と孫の話になる。

源氏の父桐壺帝から始まり、親子孫の四世代、七十年余の長きに渡っての物語である。

源氏の一生に絞って鑑みれば、第一部をさらに、「桐壺」から「花散里《はなちるさと》」までと「須磨《すま》」から「藤裏葉」までに分けてみたい。

源氏の一生を、三つに分けると、生誕から青年期、壮年期、初老から老後と分けられる。

本書の主旨から言えば、すぐにも初老の頃に入りたいところであるが、生い立ちから若き日の源氏の生活を振り返ってみると、「老い」から「終活」へのつながりがよくわかる。「老い」の入口までの華やかな時代を、飛び石伝いのようではあるがたどってみよう。

桐壺帝《きりつぼてい》と相思相愛の桐壺更衣《きりつぼのこうい》の皇子として誕生した世にも稀な輝くように美しい御子は光る君と呼ばれる。

桐壺帝の寵愛が桐壺更衣一人に注がれることに不満をもつ最初に入内《じゅだい》した弘徽殿女御《こきでんのにょうご》をはじめ後宮の女御、女房たちに虐められ桐壺更衣は心身ともに弱って、光る君が三歳の時にこの世を去る。悲嘆にくれ政務もままならぬ桐壺帝であったが、先帝の姫君が桐壺更衣に瓜二つとの話から帝は姫君の入内を望みこの姫君の入内が決まり、藤壺《ふじつぼ》と呼ばれる。

光る君十歳の時である。

平安時代、女君が姿顔を見せるのは親族以外では夫だけであるが、桐壺帝は幼くして母を亡くした光る君を溺愛し、母似といわれる藤壺の部屋に連れていく。

藤壺は十五歳、光る君とはわずか五歳の歳の差。

光る君は十二歳で元服し、左大臣の姫君、葵《あおい》の上《うえ》と結婚して、光源氏と呼ばれるようになる。

これ以後、成人の男子として藤壺には御簾《みす》越しでなければ会えなくなってしまう。

この時源氏は自分の理想の女性は藤壺で、今まではっきりとは自覚していなかったが、藤壺に対する気持ちは、恋慕の情であったと思い知らされる。

が、恋慕など抱いてはならない義母である。抑えようとすればするほど膨れあがる思いで源氏は青年期の入口で苦悩する。

正妻の葵の上は美しいが打ち解けた風情はなく、通うのも間遠がちである。

このような頃、原文にも定かには見えないが、源氏は藤壺の女房、王命婦《おうのみょうぶ》を手懐けて藤壺と不倫の関係を持ったようである。

が、以後会うことはままならず、なお一層、恋慕の思いは募るばかりである。

その頃、都の若き公達《きんだち》の間でひときわ注目されているのが、先の皇太子の未亡人、六条御息所《ろくじょうのみやすどころ》であった。皇太子が若くして亡くなり幼い姫君を連れて六条の館に戻っているのであるが、源氏は、その噂と何かで知った筆跡の素晴らしさに魅かれ、藤壺への満たされない恋情を埋めるかのように御息所に近づき恋は成就。多くの公達を蹴落とし、源氏にとっては自慢の恋人であるが、御息所は最高の教養と美貌、高貴な趣味、プライドも高く七歳年上で堅苦しく、いつも気張っていなければならず、初めの頃のようには通い詰めなくなる。六条御息所にすれば、世間体もあり、若い源氏に軽んじられていると思われるのは恥ずかしく、無念でもある。

一方、源氏は断ち切れない藤壺への恋情を抱えたまま、空蝉《うつせみ》、夕顔《ゆうがお》、末摘花《すえつむはな》などと、若さとすでに近衛中将という地位も得ているエリート貴族の横暴とも思えるようなあながちな恋を謳歌している。

夕顔との奔放な恋には御息所の妄執による物《もの》の怪《け》に、夕顔が取り殺されてしまうというような、怪奇めいた恋もある。

藤壺の里下がりの折りに再び強引に忍び入って、果てに藤壺の懐妊という生涯背負わなければならない秘密の愛を抱えてしまうことになる。

北山で祖母とひっそりと暮らしていた藤壺の姪の幼女を藤壺の身代わりとして、自分の好みの女君に育てようとほぼ略奪に近いような形で二条の館に引き取る。この幼女には熱情をかけて、後の紫《むらさき》の上《うえ》として生涯もっとも信頼し合える妻になるのであるが。

恋のアバンチュールは朧月夜《おぼろづきよ》と。源氏の正妻葵の上は左大臣の姫君であり、右大臣側は政敵である。朧月夜は右大臣の姫君で源氏の兄皇太子に入内する予定が決まっている。こうした女君との危険な情事も楽しんでいる。

若く、希望に溢れ、生き生きとした源氏の青春時代が、読者の憧れの溜息のなか次々と繰り広げられていく。

源氏二十五歳、青春に出口があるとすれば、この頃か。

父桐壺帝が逝去し、ちやほやされていたのは、父の後ろ盾があったからか、と思わせるほどに人の流れの潮目が右大臣側に変わる。

朧月夜との密会が露見し、皇太子への入内が決まっていたのを知っていながらの密会とは皇太子への謀反《むほん》ではないか、との噂に拡大されそうな予感を察知した源氏は皇太子への謀反などという大それたことではなく、男女の不謹慎な問題であるとして、しばし都を離れ謹慎の意思を表し、須磨に退去する。

須磨から明石での三年間、源氏二十六歳から二十八歳まで、青年期の反省から壮年期への準備期間のような、都の騒音から離れじっくりと心と時の熟する期間であったようだ。

明石でも明石の君《あかしのきみ》と昵懇《じっこん》となり、京で寂しくもけなげに源氏を待ちわびる紫の上に告白の文を送り、紫の上を落胆させる相変わらずの女好みの本領を楽しんではいる。

が、都に戻ってからの源氏には政治家として、画策もし、地位を築いていくことに腐心している様が窺えて、恋物語から一転人生の裏表を見せる重厚な場面が平安時代の宮中で展開される。若い源氏は、現実離れした美しさ、頭脳明晰、絵画、音楽も並はずれて優れ、完璧であった。

が、壮年期の源氏は、なかなかの策士であり、また、須磨に退去中の自分への態度に対しての功罪をあからさまにしたりもしている。まるで源氏が物語の中にしか存在し得ないヒーローであったのに読者の近くまで降り立ったようで、驚きながらも楽しい。

この頃の様子が見られる「絵合《えあわせ》」の帖を見てみたい。

源氏三十一歳。

藤壺と源氏の御子（表向きは桐壺帝の皇子）は冷泉帝《れいぜいてい》となっている。

冷泉帝には、源氏のライバルにして親友であり、亡くなった正妻葵の上の兄でもある権中納言《ごんのちゅうなごん》（頭の中将《とうのちゅうじょう》）の娘弘徽殿女御《こきでんのにょうご》（物語の冒頭、桐壺帝の女御と同名であるが次世代の女御）がすでに入内している。

その冷泉帝に、新たに源氏のかつての愛人六条御息所の娘で、養女にしている姫君を藤壺と画策して入内させ梅壺女御《うめつぼのにょうご》に仕立てた手腕には目を見張る思いがする。

冷泉帝は最初の入内の弘徽殿女御とは気持ちが通じている。梅壺女御は絵が上手で、やはり絵の好きな冷泉帝とは絵の話題で帝の心が傾き始める。女御と中宮では外戚としての権力が大きく異なってくる。

源氏としては、梅壺女御を何としても中宮の地位に就け、臣下として最高の権力を不動のものにしたい。

一方、弘徽殿女御の父親権中納言にしてみれば、源氏を後ろ盾に入内した梅壺女御に帝の心が移っていくのではないかと、不安が広がる。絵の好きな帝の元へ様々な絵画を持ち込んで、弘徽殿女御側に帝を引き付けておこうとする権中納言。

源氏方も負けてはいない。

そのうちに、公の場で双方の絵を競い合う絵合わせをしようではないか、となる。

ちなみに馬で競うことは「馬合わせ」歌を競うことは「歌合わせ」である。

この「絵合《えあわせ》」の帖は、いよいよ絵合わせの場を作っていく過程が、平安の美意識のいかに優れ、日本人としての美学の基盤が素晴らしかったか、と今の読者でも誇りを感じる帖である。その場面を少し覗いてみよう。

絵のお好きな藤壺の尼宮も臨席し、梅壺女御が左方、弘徽殿女御が右方。左側は紫檀《したん》の箱に絵を入れ、蘇芳《すおう》の木の机、敷物は紫の唐《から》の錦《にしき》。机の上の打敷《うちしき》は葡萄染《えびぞめ》の唐の絹織物。紫系統にまとめてある。

六人の女童《めのわらわ》は赤色の表着《うわぎ》に桜襲《さくらがさね》の汗衫《かざみ》、衵《あこめ》は紅に藤襲《ふじがさね》の織物。右側は沈《じん》の箱、浅香《せんこう》の机、打敷は青地の高麗《こま》の錦で組紐《くみひも》など華やかで当世風。女童は青色の表着に柳の汗衫、山吹色の衵と全体に青色系統に統一されている。帝付きの女房も左右に分かれ装束の色も分けて並ぶ。

物語が文字のみで記されていても、まるで色彩が付き、質感までが浮かぶような場面である。

こうして整えられた場に女童がそれぞれ絵の箱を運び、中央に一点ずつ広げられていく。判者には絵画に造詣の深い源氏の弟君帥《そち》の宮《みや》が当たる。

夜まで判定が着かず、最後に出された梅壺女御側の源氏の須磨退去の折りに描かれた写生画が、皆の感涙を呼び、源氏側の勝利となる。

優雅にして美しく文化的な催し事であるが、この頃から源氏の政治力はますます高まり、権力を強めていく。

そうした一方で、栄華を極めてもこの世は無常、帝がもう少し大人になられたら出家したいという思いを持ち続け、反芻しているが、果たして本心のほどは、と「絵合」の帖のお仕舞で作者も首を少し傾け気味の様子も面白い。

やがて、梅壺女御が秋好中宮《あきこのむちゅうぐう》となり、内省しつつも源氏は栄華に包まれ、権力をほしいままに揮える充実した中年から壮年期の三十代に入る。今でいえば、四十から五十代であろうか。

三十代の源氏は、子供の成長に真剣に向き合っている様子が窺える。

息子夕霧《ゆうぎり》を祖母大宮《おおみや》の元では甘やかされてしまうと懸念し、花散里《はなちるさと》に預け、勉学も厳しく見守る。

明石退去時代に情を交わした明石の君と姫君を都近くの大堰《おおい》の山荘に呼び寄せる。さら

「竜頭鷁首《りゅうとうげきしゅ》」の舟は貴族の館の池に浮かべて楽しむ

に、姫君の将来を考え、源氏自身が母親の出自が一級貴族ではなかったために臣下に下されたとの思い込みから、三歳にして明石の君から引き取って、紫の上の元で育て、教育することを考える。そこには、姫君を東宮の元へ入内させ、行く行くは後ろ盾として最高の権力を得たいという心が見える。

明石の君が断腸の思いで可愛い盛りの姫君を手放すシーンは初冬の小雪舞う京の外れ、大堰川《おおいがわ》の風景と相まって涙をそそられる名場面である。

ここには源氏の中年の政治家としての冷徹な計算が感じられる。

この頃、亡くなった六条御息所の屋敷を取り込んで四町に跨る（約二四〇メートル四方）六条院を建築。春夏秋冬に区分けされた屋敷の春の町に源氏と紫の上、夏の町には花散里と夕霧、後に玉鬘《たまかずら》も。秋の町は六条御息所の娘の秋好中宮が、冬の町には明石の君、とそれぞれに住まわせ、季節に見合う趣深い庭園を配する。

臣下としては最上位の太政大臣《だいじょうだいじん》に上り詰め、公私ともに順風満帆、輝かしい中年期である。

源氏三十六歳、六条院が落成し、栄華を極め、贅を尽くしているその年の初め、六条院の女君たちを回ったあと、二条東院に末摘花《すえつむはな》、空蝉《うつせみ》の所からさらに世話をしていると思われる女君たちの部屋を回りつつ、ふと本音を漏らす。「初音《はつね》」の帖より

「おぼつかなき日数《かず》つもる折《を》り〳〵あれど、心《こころ》のうちは、おこたらずなむ。たゞ、かぎりある道《みち》の別《わか》れのみこそ、うしろめたけれ。命《いのち》ぞ知《し》らぬ」

（「逢えない日が重なっても、忘れてはいないのですよ。ただ必ずおとずれるこの世の別れだけが気がかりです。人の命だけはわからないものですから」）

と源氏は女君に話している。どんなに最高の権力の座に就き、願望を満たしていても、どこかに命の果てを見据えているような言葉である。源氏の中年期の心の奥行きが感じられる。

「命を知らぬ」とは、『信明集《しんめいしゅう》』敦慶《あつのり》親王の娘の歌

「長らへむ命ぞ知らぬ忘れじと思ふ心は　身に添はりつつ」

からの引用であろう。

かつて無謀な恋情から、物の怪に取り殺されてしまった夕顔の件は、若気の至りとはいえ、常に源氏の心の片隅に引っかかっていたのであるが、思いがけず、夕顔の娘、玉鬘が見つかって、世話をすることになる。

物語はこれから十帖もの長さ、世に「玉鬘十帖」と呼ばれる、玉鬘を中心の話が続く。功なり名遂げた最高の場所、六条院に欠けるものといえば、若き姫君、女君の華やぎであったが、それを埋めるような玉鬘の登場で、源氏自身も父替わりのようでいながら恋心も湧いてくる。

しかしすでに恋愛がすべての若き貴公子時代から、世間体も気にし、自らの立場もわきまえた中年であることが、読み手にも感じられる。玉鬘に思いを寄せる若き公達の恋文を見て、皮肉を言ったり楽しみつつも玉鬘をも政権に有利となる男君に、と思惑する政治家でもある。

六条院に華やぎをもたらしていた玉鬘が源氏の思惑とは外れ、突然の出来事で、髭黒《ひげくろ》大将と結ばれ、六条院を去る。

源氏と明石の君の姫君は三歳にして紫の上の養女として育てられ、源氏の思い通りに東宮妃として入内する。

息子の夕霧も紆余曲折あったものの、幼馴染みの雲居《くもい》の雁《かり》と結婚がまとまる。雲居の雁は源氏の親友にして良きライバルの内大臣（頭の中将）の娘である。

かつてのライバルも子供たちの恋愛をまとめ、めでたし、めでたしというような、「藤《ふじの》裏葉《うらは》」の帖で源氏の三十代が区切りよく終わる。

権力、栄華の絶頂を極めた源氏である。

この「藤裏葉」の帖までが、源氏の美しさ、次々に繰り広げられる恋物語、さらに政治的にも逞しさが見え、優雅さだけではなく男らしさも誇る。

六条院から玉鬘が去り、娘明石の姫君が入内し、華やぎが消えていく。が、紫の上は、源氏の周りに次々と起きた女君との浮気話もこのところ静かになり、これからは源氏と落ち着いた生活になるだろうと、中年から初老の源氏に期待し、二人のこれからを楽しみにしている様子である。

万々歳の「藤裏葉」から「若菜上《わかな》」の帖に入ると、偶像化していた理想の男光源氏がまるで地上に降り立ったかのように、読者にも共感を覚えるような血の通った人間味を帯びた中年、老年の姿を見せ始める。

「若菜上」の帖の冒頭、源氏に結婚の話が持ち上がる。源氏には葵の上が亡くなった後には正妻がいない。紫の上は中流貴族の出自で、正妻と同様の扱いを世間体には受けているが、准太上天皇《じゅんだいじょうてんのう》となった源氏の格からして正妻にはなりにくい。

その頃朱雀院《すざくいん》から愛娘女三《おんなさん》の宮《みや》をぜひ託したいとの話がある。一度は四十歳の年齢を鑑みて断るが再度の話に引き受けることに。院の申し出となれば断り難いこととはいえ、女三の宮の亡くなった母親が藤壺の異母妹で、紫の上とはいとことなる。藤壺の姪ということが、源氏の気持ちを大きく動かし、さらに相手がまだ十三歳という若さにも魅かれたのかもしれない。六条院に再び若々しい華やかさが訪れ、自らにも去ってしまった青春が蘇るような期待も膨らみ女三の宮の降嫁を引き受けてしまう。

もしも自分の人生を俯瞰することが出来れば、源氏のこの中年期の選択を源氏は引き戻したかもしれない。

が、『源氏物語』としては読み応えのある源氏の中年期の苦悩が読者をぐんぐん引っ張っていく。

女三の宮の降嫁は、源氏が思った以上に紫の上に大きなダメージを与える。事実上の正妻のような扱いを自他ともに認めていたが、いまやはり正妻よりは格下であることが明らかとなった彼女の恥辱。しかもさりげなく今まで通りに振る舞わねばならないプライドとの葛藤。

それは、紫の上の心も体もずたずたに傷つけ、紫の上はついに病に伏す。

源氏は藤壺への執着から姪との血縁に期待したものの、思いの外女三の宮は幼く、趣深さにも欠け、期待したことの当てがはなから外れ見込み違いを悔いる。

中年期での勝手な思い込みは外れると取り返しが付かない。

病の紫の上の看病に添うことが多く、女三の宮の元へは滞りがちとなる。

降嫁前の女三の宮に恋慕し、ぜひ結婚をと、朱雀院に申し出た若者の一人が柏木衛門督《かしわぎえもんのかみ》である。源氏の親友にしてライバル頭の中将の長男で、将来を期待された公達であるが、院には愛娘の女三の宮を託すには若すぎて諸々不足と映り婿として断られてしまう。

柏木は女二《おんなに》の宮《みや》と結婚するも、女三の宮への思いは忘れてはいない。

六条院で若い公達が集まって蹴鞠《けまり》が行われ、源氏の息子夕霧も柏木も参加して楽しんでいる。六条院の女房たちも若い公達の競技を見たり応援したり、楽しんでいる折り、女三の宮の部屋からペットの唐猫が飛び出し、猫を結ぶ紐が絡んで御簾《みす》を持ち上げてしまう。その拍子に御簾の中にいる女三の宮を柏木は隙見《かいまみ》てしまう。降嫁前から恋しく思っていた宮が源氏の正妻となってしまっても諦めきれずにいた柏木にとって、この持ち上がった御簾の合間からちらっと見てしまった女三の宮の可憐な美しさは新たな妄執となってしまう。

源氏はやはり紫の上を大切に思い、女三の宮の元へは間遠で、可哀そうだと、柏木が思ってもおいそれとは近付けるはずもないが、柏木は女三の宮の小侍従《こじじゅう》に幾度も思いを告げている。

紫の上の病が長引き、源氏が看病に追われ、女三の宮の元への訪れが途絶えがちになった頃についにかねてより柏木に同情していた小侍従の計らいで柏木は女三の宮に近付けるという夢の妄執が目の前に現実となって訪れ、柏木の理性は崩れ落ちる。

柏木と女三の宮の姦通事件は並ぶ者なき権力者として公私ともに満ち満ちていた源氏に大きな陰りとなって、人生の中年末期の厳しさが押し寄せる。

今までの源氏からは想像出来なかった試練である。

女三の宮は妊娠。自分の子ではなく柏木の子と知った源氏は、かつての自分と藤壺との密会を思い起こし突き落とされるような無念さを味わうことに。世間には隠し通さなくてはならない現実。

柏木を人目につくほどだがそれとはわからぬように虐め抜いて、源氏とは終生のライバルにして親友の将来のある息子を容赦しない。

女三の宮は柏木を憎んではいないものの恋愛感情などは湧いていないようで、おっとりとまだ幼さの残っている身に起きてしまったことにどう処してよいのか困惑以外に思いつかない。

そんな女三の宮を源氏は、女房たちのいる場では世間体を繕うが二人になると陰湿に虐める。

源氏にしてみれば四十五年余の人生でこれほどの恥辱を味わったことはなかった。中年、初老期での人に感づかれてはならない、隠し通す屈辱を背負いこんだ源氏に読者も息をひそめ、身の縮む思いであろう。

柏木は虐め抜かれて病に伏し、両親、親友の夕霧、正妻女二の宮、皆が不審に思い嘆くなか亡くなる。

女三の宮も男児を出産するも、源氏の扱いに身の置き所なく、思いあぐねた結果、尼になりたい、と源氏に頼む。世間体もあり、源氏は無論却下するも、あのおっとりとした女三の宮が生涯にたった一度のわが身への英断を父朱雀院に頼み、尼になる。

柏木の死去、女三の宮の出家と、この姦通事件は若者二人の敗北に思え、藤壺と源氏の姦通事件と比べれば、痛々しい。

藤壺も源氏も姦通を世に知られないまま、堂々と生き抜き、二人の秘密の子供を冷泉帝として天皇の座に就けるという図太さを持ち合わせていた。

が、今回受けた若い二人の姦通事件の結末は一見若者たちの敗北に思えるが、源氏にしても老後に向けて取り返しのつかない大きな手傷を負ってしまったのである。

紫の上の病状ははかばかしくなく出家を願い出るも源氏は許さない。たとえ寝たきりでも今、源氏の気持ちをわかって傍に居て欲しいのは紫の上だけである。紫の上にしてももう源氏との間はかつてのような信頼関係に戻ることは叶わず、病状は悪化し、出家を懇願しているが、一方でもし自分が亡くなってしまったあと源氏君はどんなに落胆し、生きていけるだろうかと心配もする。紫の上の源氏に対する情愛の深さが読み取れる。

源氏五十一歳となった秋、八月十四日の夜明け、紫の上は明石中宮に手をとられて息を引き取る（「御法《みのり》」の帖）。

源氏十八歳の時にまだ十歳前後の紫の上を藤壺の形代《かたしろ》として見初めてから五十一歳までの長きにわたって愛情をそそいだ今、紫の上はもう形代ではなく最愛の妻であった。

愛する妻に先立たれた夫の悲哀がおよそ一年の風物詩に寄せて語られていく「幻《まぼろし》」の

帖は胸を打たれる。

この一年の源氏の切ない心の内、行動を紫の上がもし知ることが出来ていたら、晩年に源氏の人となりに抱いた絶望感がかなり緩和されたのではないか。

常々、出家したいとの強い願望を持つ源氏が紫の上を見送った今、すぐにも出来そうであるが、紫の上の一周忌までは四季折々の景色に彼女を思い、忍ぶ源氏。本居宣長《もとおりのりなが》の説く「もののあはれ」が凝縮された帖に思われる。

若き頃は恋も愛もほしいままに楽しみ、中年には人間味はあるが清流だけでなく濁流にも身を投げた政治家でもある源氏が、老年になって内省的な深さを見せている。

紫の上を見送った後の一年は四季折々彼女を忍び、懐かしみ寂しさに負けつつも、源氏はすでに己の寿命を知ったような、身の始末を付けていく。

一度契った相手で老後に頼る所のない女性、空蝉《うつせみ》、末摘花《すえつむはな》などはすでに二条院で面倒をみている。今の老人ホームのようなものを千年余の昔に考えていたことは敬愛に値する。

作者の紫式部は身近な後ろ盾のない年取った女性の惨めさを見聞きし、若い時にはちやほやしても歳経て見捨ててしまう多くの男に嘆息し、一度契った女を見捨てず最後まで見守るのが女から見た理想の男として、源氏に老人ホームを作らせたのだろうか。

その他紫の上の女房や、源氏と近しかった女房などにも相当の形見分けを手配するなど冷静に身辺整理をしていく。

そして一周忌も過ぎたこの年の暮れ、紫の上とやりとりした文を焼く。須磨退去の折り

光源氏は紫の上他界の一年後に思い出の文《ふみ》を焼く

の手紙も女房に破らせ、すべて焼いてしまう。千年余経った今日でもこのような思いきりがなかなか出来ず、立つ鳥跡を濁さずとは行かないことが多い。もちろん源氏にしても紫の上の筆跡、歌、文を見ると、今だからこそなおいっそう思いは深まる。が、

原文の源氏の歌

かきつめて見《み》るもかひなきもしほ草おなじ雲井の煙《けぶり》とをなれ

（古い手紙を集めてみても、亡くなった今となっては何の甲斐もないこと。紫の上と同じ空の煙となってしまいなさい）

こうしてきれいさっぱりと文を始末する（「幻」の帖）。

十二月十九日からの三日間は仏名会《ぶつみょうえ》（三世の諸仏の名号を唱えて罪障を懺悔する法会）、も今年が最後と思う源氏はほぼ一年振りに公に姿を見せる。

紫の上の死去以来、ひきこもり状態で息子の夕霧と会うときさえも御簾越しというほど落ち込み老い込んでしまっていた。

法会には宮様、上達部《かんだちめ》（三位以上の高官）が大勢見える。

雪が降り積もっている庭には梅がほころび始め何とも趣がある。

源氏の歌

春までの命《いのち》も知《し》らず雪のうちに色《いろ》づく梅《むめ》を今日《けふ》かざしてむ

（来春まで生きながらえるか私にはわからないので、冬の雪の降る中に咲き始めた梅を今日の挿頭《かざし》としよう）（「幻」の帖）

と心落ち着いた趣の様子で人前に出る。

その容貌はかつて源氏ともてはやされた頃のように輝き、なお美しく、立派さが加わり老僧も感涙にむせぶ。

今年も暮れる、といよいよ寂しくなった屋敷の廊下を孫の三の宮（匂宮《におうのみや》）が「追儺《ついな》（鬼を追い払う）をするのに高い音をどうしたら出せるの」と走りまわっている。

可愛いしぐさも、出家すればもう見られなくなるのだと思うと忍び難い。

源氏の歌

物思《おも》ふと過《す》ぐる月日も知《し》らぬまに年《とし》もわが世も今日《けふ》や盡《つ》きぬる

（紫の上を思って月日の経つのも知らない内に今年も我が身も今日尽き果ててしまうのだろうか）（「幻」の帖）

この歌は、『後撰集《ごせんしゅう》』の敦忠の歌

「もの思ふと過ぐる月日もしらぬまに　今年は今日に果てぬとかきく」

を下敷きに詠まれ、『源氏物語』の中での源氏の最後の歌である。

正月の行事を例年より立派にと指図し、参賀に見える親王、大臣を始め、それぞれの身分に応じた下賜の品を用意されたということである。

というところで、「幻」の帖は閉じ、次の「雲隠《くもがくれ》」の帖は古来より題名のみで本文は伝わっていない。

『源氏物語』五十四帖には「雲隠」の帖はふゝまれてはいない。

源氏は翌年には出家して嵯峨《さが》に隠棲《いんせい》し、二、三年後に亡くなったと言われている。「雲隠」の次の帖「匂宮《におうのみや》」からは源氏がすでに亡くなって以降の話になっている。

さてもう一度源氏の老後を振り返ってみたい。

「藤裏葉」までの勢いある源氏の威光から一転「若菜上」から「幻」の帖までの源氏の晩年の孤独と寂寥に、やはりかの源氏でも人並みに老後の悲哀を味わうのだと納得する向きも多いかもしれない。

確かに初老になっているのにも関わらず、絶頂期の権勢に、兄でもある朱雀院からの頼みとはいえ、まだ十代の皇女を正妻に迎えるという思いあがった不遜な行為がのちのち、静かに余生を送ろうと思っていたであろう老後を覆してしまうことになろうとは浅はかであった。

この出来事から紫の上を大きく落胆させ、長年の夫婦の信頼関係をも崩すことになってしまう。

柏木と源氏の若き正妻女三の宮との密通事件、さらに不義の子を己の子として世間に偽って育てていく苦悩、源氏自身が撒いてしまったことから起こる悲劇とはいえ、老いていく様が痛々しい。

が、「幻」の帖に至って、紫の上の追悼の一年という形の中で、源氏は最後に老年の清々しさを見せている。

最も愛した人を忍ぶのに四季それぞれの風物、行事の訪れに懐かしさを覚え、かつてを思い返し慈しむ。源氏は丁寧に己の心に向き合い、亡き紫の上に語り掛けることは、亡き者への最高の供養とともに老いや死の現実、本質を見つめ徐々に諦観の境地に源氏自身を高めていく。

年が明けたら、長年思い続けてはいたものの出来なかった出家を果たす時が来たと思う。いよいよ身じまいを始め、今までの手紙を整理し、紫の上からの文などを、きっぱりと破り、焼き捨てる。

現代でも断捨離、老いの後始末などと報じられるほどには皆なかなか思い切れず、立つ鳥跡を濁さずとはいかない。

源氏のこの老後の在り方は称賛に値する。

さらに近しいものへの形見分けもみずからそれぞれに分けていく。おさおさ怠りない後始末は見事というほかない。

一年近く蟄居して、公にはむろん息子の夕霧にさえも御簾越しで会うというほどのひきこもりぶりでもう見る影もないのでは、と当時の読者でも想像し、このまま幕引きかとすら思われたであろう。

が、光輝く貴公子に、作者の紫式部は最後にもやはり、素晴らしい老後を見せたのだ。

十二月十九日から三日間の御仏名会はひどく雪が降り、積もった雪の合間から覗くほころび始めた梅の花が美しい。梅の枝を挿頭にでもしようかと詠む源氏。

一年振りに人前に出た源氏の美しさは以前にも増し、この上もなく立派な姿で老僧も思わず感涙する。

一年の間の蟄居で源氏は老いを達観し、現世の後始末を滞りなく終え、すべてを受け入れて、達成感と安堵感で心も落ち着くと、容姿にも灰汁《あく》が抜けて、美しい光が満ちてくるのかもしれない。

理想的な老い姿である。

作者紫式部にとっての素晴らしい一生とは最後の送り方で決まる、との思いがあったように思われる。源氏の最晩年にその思いが充分に伝わっていて、千年余経った読者も感涙する。究極の「終活」ではないだろうか。

翌年出家した源氏はおそらく静かに二、三年後に亡くなったのであろう。

ところで源氏と関わりのあった登場人物、女君の老い姿も、作者紫式部は丁寧に細やかな筆使いで語っている。物語の初めから帖を追って、それぞれの人生のしまい方、終活に触れていきたい。

二　桐壺帝《きりつぼてい》に見る安泰な終活の秘策

「桐壺」の帖は長い物語の始まりの帖であり、桐壺帝は『源氏物語』の主人公光源氏の父である。

「桐壺読み」とは「桐壺」の帖だけを読んで『源氏物語』すべてを読んだことにするとのことで、昔から長い物語を読み通すことは困難だったらしい。

「いづれの御時にか、女御《にょうご》、更衣《こうい》あまたさぶらひ給ひける中に、いと、やむごとなき際《きは》にはあらぬが、すぐれて時めき給ふ有りけり」

古典の教科書も、受験参考書もここからはじまる有名な冒頭である。

帝は良き後継ぎを残すために多くの妃を内裏《だいり》の奥の後宮に住まわせている。帝は妃たちを均等に愛し満足させるのが義務の一つとされている。帝の後宮には正妻である皇后（中宮）一人、女御四人、ここまでは実家が高級貴族の出自である。

他に更衣が数人、彼女たちは中流貴族の出自の場合が多い。桐壺帝は出自の低い桐壺更衣《きりつぼのこうい》に身も心も魅かれ最も早く入内した弘徽殿女御《こきでんのにょうご》はもとより他の女御、更衣達を顧みず、桐壺更衣への純愛一途だが、しかしこれは帝としての道に外れ、皇子を産んだ桐壺更衣は弘徽殿女御はじめ他の女御、更衣達に嫌われいじめられて亡くなってしまう。

落胆し、政務にも身の入らぬ帝を案じた者が桐壺更衣にそっくりと言われる先帝の姫君を探し出す。亡き桐壺更衣によく似ている上に若く出自も申し分のない姫に帝はまたまた夢中になる。姫君は藤壺《ふじつぼ》と呼ばれる。母を亡くした皇子は光る君と呼ばれ、帝は可愛そうにも思い、桐壺更衣の里に戻さず義理の母となる藤壺の近くに呼び寄せては可愛がっている。

光る君の母方は没落し、しかとした後ろ盾もない。弘徽殿女御を母とする兄の東宮《とうぐう》（皇太子）よりも利発で美しく何につけても優っているこの皇子を担ぎ上げて兄を失脚させる輩が出ないとも限らない。後の皇統の乱れにならぬように、と帝は案じて臣下にし「源氏」姓を名乗らせ争いを起こさぬよう取り計らう。

桐壺帝にとっては愛する藤壺と可愛い皇子に囲まれた幸せな中年期である。

やがて光る君は十二歳で元服し、光源氏となり四歳年上の左大臣の姫君葵の上《あおいうえ》と結婚する。しかし源氏の女性の理想は義母の藤壺であった。『源氏物語』は類まれな光り輝く貴公子源氏の恋愛、空蝉《うつせみ》、夕顔《ゆうがお》など女性遍歴が続きその恋愛物語は、一千年余の間若い女性の読者を飽きさせない。

源氏十八歳、ここで衝撃の事件が起きる。藤壺に源氏が忍び寄り、父桐壺帝の最愛の妃との禁断の恋を成就。さらに藤壺の懐妊という思いもよらぬ出来事に進展していく。怖れおののく藤壺と源氏、そして読者も凍り付く思いである。

この時、桐壺帝はすでに老境に入っていたと思われるが、藤壺の懐妊を大層喜ぶ。えっ？などと訝る様子もない。やがて産まれた御子に、光源氏とよく似ている、と屈託なく無邪気に喜ぶ。傍近くの源氏の方が顔面蒼白の心境である。

後に源氏が若き柏木に妻を盗られ、自分の若き時を思い返し、父帝は藤壺と自分の不義密通を、さらに子供のことも知っていたのではないか、と空恐ろしく震える場面があるが、桐壺帝には、知っていて知らぬふりをする素ぶりは微塵も感じられない。

桐壺帝はこの後も藤壺、源氏、産まれた皇子を可愛がり、それぞれの行く末を考える。

生まれた若皇子の将来を考え、藤壺に女御より格上の中宮の地位を与え、東宮の母で最も古い女御である弘徽殿女御の怒りを鎮めるかのように、帝自身は譲位して東宮を帝の位(朱雀帝《すざくてい》)に就ける(「葵《あおい》」の帖)。

老いの近付く頃の細やかなバランス感覚の行き届いた配慮は見事で、これから始まる長編の物語の確かな土台作りである。

譲位した後は院の御所で藤壺と仲睦まじく暮らし、五十代に入った頃であろうか、病に伏せる。見舞った朱雀帝に遺言を残しているので原文を見てみよう。

「侍《はべ》りつる世にかはらず、大小の事を隔てず、何事も、「御後見《うしろみ》」とおぼせ。よはひの程よりは、世をまつりごたむにも、をさ〳〵、はゞかりあるまじうなむ、見《み》給ふる。かならず、世の中たもつべき、相《そう》ある人なり。さるによりて、わづらはしさに、皇子《みこ》にもなさず、「たゞ人にて、おほやけの御後見《うしろみ》を、せさせむ」と思ひ給へしなり。その心、違《たが》へさせ給ふな」

(私の在世中のように些細なことでも隠しごとはせず、何につけても源氏を御後見役と考え相談しなさい。源氏は年齢の割には政事を執り行うにも支障はないでしょう。世の中を治めていける相であるからこそ面倒が起きないように臣下として朝廷の御後見にしたのです。その私の思いを忘れないようにしてください）（「賢木《さかき》」の帖）

子孫への配慮も気遣いした帝の終活は立派

桐壺院は源氏と若親王への心残り、さらに政事を長男の朱雀帝にしっかりと伝える。藤壺と源氏の不義密通の出来事には不審を抱かず、見事に禍根を残さない大往生である。この時、源氏二十三歳、桐壺院は多分五十代、当時の平均寿命が四十歳とすれば早すぎず、後顧の憂いのないように上手に配慮し、さらに思いはしっかりと伝えてからの崩御であったと思える。

帝在位時代には後宮の女御、更衣への偏愛の度が過ぎ、後宮の乱れを起こす桐壺帝に思われたが老いの訪れが近付くにつれ、宮中の身辺への気配りは見事と言える。

『源氏物語』の巻頭を任される桐壺院にふさわしいあっぱれな老いの幕引きである。見事な終活を紫式部が見込んだ?か、死してなお重要な場面に桐壺院は再登場する。それは「明石《あかし》」の帖である。

源氏が兄朱雀帝の元に入内する予定の朧月夜《おぼろづきよ》と密会していたことが、桐壺帝の女御で朧月夜の姉の弘徽殿女御に知られ、追い詰められる。

源氏自ら、このスキャンダルで謹慎の意を表し須磨《すま》に退去する。

悲運に落胆する源氏の夢枕に故桐壺院が立ち温かい励ましを送る。源氏の裏切りなど知らず、あくまで庇護者としての登場である。父君の励ましに背をおされ、須磨から明石へと移り京に戻って、源氏にはふたたび陽光が降り注ぎ、青年期から壮年期の源氏の物語へと進んでいくのである。

三　弘徽殿女御《こきでんのにょうご》は夫（帝）の逝去後、権勢を掌握するも不平不満の終活？

弘徽殿女御は、桐壺帝の妃であるが、平安時代には稀有な女傑で光源氏を虐め、追い落とし絶大な権力を揮う。彼女の悪役ぶりが『源氏物語』に陰影を付けている。上昇志向の強い激しい気性の彼女の若き頃を少したどってみよう。

弘徽殿女御は右大臣の娘で桐壺帝が東宮の時に入内した最初の妃で、エリート中のエリートの出自で帝の女御、更衣達の女君の中で正妻格であり、第一皇子、皇女にも恵まれ、後宮の中でも最上位の部屋弘徽殿に住まって権勢を誇っている。

が、桐壺帝の愛情が桐壺更衣にそそがれるや、桐壺更衣を苛め、更衣亡きあとも桐壺帝と更衣の子、源氏を憎む。桐壺帝に桐壺更衣に生き写しと言われるほどの美しい藤壺《ふじつぼ》が入内し、桐壺帝の愛情がそちらへそそがれ、源氏も慕う様子に藤壺にも敵愾心を燃やす。我が身が桐壺更衣や藤壺に帝の愛情を奪われた上に息子の第一皇子よりも源氏の方が容姿、才気、人気ともに優れていることも腹立たしく憎い。

桐壺帝は源氏の将来を心配し、第一皇子を必ず帝に就ける旨を弘徽殿女御に約し、国母《こくも》（天皇の母）の地位をも確約するが、弘徽殿女御の藤壺や源氏への憎しみや怒りは増すばかりである。桐壺帝が譲位し第一皇子が朱雀帝に、弘徽殿女御は弘徽殿大后となり国母となる。ここで、めでたく嫉妬から解放され、より大きな器となるかと思いきや、いよいよ帝の重しが取れて、源氏への報復が始まる。

「年を取ると円くなる」

と言うが、現代でも、あまり当てにならないし、一千年前も同様だったようだ。

相手が報復の期到来と燃えているところに、源氏は弘徽殿大后の妹、右大臣の六の君朧月夜《おぼろづきよ》の姫君と逢瀬を重ね、密会が間の悪い事に姫君の父右大臣にばれてしまう。朧月夜は「御匣殿《みくしげどの》」（装束など裁縫する所）に宮仕えし、帝から寵愛を受けている、右大臣家にとっては宝物である。

朱雀帝は弘徽殿大后の息子で朧月夜は妹であるが、多分年齢の差から母違いの妹であろうし、平安時代には貴族間では親戚筋の結婚に違和感はない。親族で固めて権勢をより強固なものにする手立てであろうか。その大切な家宝を汚されたとあって、ついに弘徽殿大后の積年の恨み、怒りが暴発し、源氏は人生で初めての白旗を揚げ、須磨へと都落ちしていくのである。

弘徽殿大后にしてみれば万々歳である。桐壺更衣から源氏へと続く怨念を、都からの追放という形で老いに差し掛かる頃に成し遂げたのである。大層なエネルギーには感服する。己も息子の朱雀帝もいつも比較され、二番手に甘んじていたがもう源氏は都にはいない。朱雀帝も枕を高くして眠れる。

権力を思いのまま行使し、ゆっくりと楽隠居の気分を弘徽殿大后は味わっていたのかもしれない。

弘徽殿大后の威信を怖れ、源氏を取り巻いていた者も今では右大臣側になびき、須磨での源氏は哀れな侘び住まいで、一年あまりも過ごしただろうか。都にも須磨にも秋の訪れの前触れのような大嵐が襲い怖れおののいている源氏の夢枕に亡き父桐壺院が立ち、一日も早く須磨を立ち去るようにとの御託宣《ごたくせん》があり、明石入道《あかしのにゅうどう》の訪れで運よく明石へ脱出することに。しばしの蟄居ののち、源氏は首尾よく都に返り咲く。故桐壺院は朱雀帝の夢枕にも現れ、弟の源氏を都に戻すように叱咤している。眼病に悩まされていた朱雀帝は、亡き父の亡霊に怖れ、源氏を都に戻そうと思う。これには母弘徽殿大后は怒り、押し留めようとする、やっと都から出て行った源氏をまた戻すなどとは。しかし亡き父の亡霊を怖れた朱雀帝は源氏に都に戻るようとの勅令を出す。さらに帝自身は譲位をも決意した。

源氏召還を止めることが出来なかったことが、弘徽殿大后の権勢の陰りの始まり、老いの訪れである。源氏二十八歳、朱雀帝は四歳上とすると大后は五十前後か。後ろ盾の父右大臣が亡くなり、源氏が都に戻るや、人々の流れは右大臣側からふたたび、源氏、左大臣側に変わる。

一たび流れが変わると食い止めることは権門の出身といえども難しい。

弘徽殿大后は以後表舞台に登場することはなかったが、「乙女《おとめ》」の帖に、源氏が朱雀院への行幸《ぎょうこう》の帰り、朱雀院とともに弘徽殿大后を見舞うくだりがあり、年老いた大后が源氏の威勢を見、やはり天下人の運があったのだと、かつて憎んだことを少し後悔している様子が。しかし人の性格は年を重ねたからと言ってそうそう変わらないのは一千年前も同じであるようだ。
原文が面白いので抜き出してみる。

御心にかなはぬ時《とき》ぞ、「命《いのち》ながくて、かゝる、世の末《すゑ》を見《み》ること」と、とりかへさまほしう、よろづを思《おぼ》しむつかりける。老《お》いもておはするまゝに、さがなさも勝《まさ》りて、院も、くらべ苦《ぐる》しう、堪《た》へがたくぞ、思ひきこえ給ひける

（自分の思い通りにならないと、「長生きし過ぎたからこんな情けない目に合う」と悔しがったり、全盛時代を取り返したく、何事にも気難しくなる。根性の悪い性格も比較する人もないほどひどくなるようで、息子の朱雀院も辛抱しかねて持て余している）（「乙女」の帖）

栄華の中で言いたい放題だったが、年老いても変わらぬ様子が描かれている。
平安時代は女性は静かに黙っていることが美徳の時代。右大臣の父、夫は桐壺帝、息子も朱雀帝、と後ろ盾を活かして権勢を奮って時の寵児源氏の追い落としを謀るような女性

はなかなか見当たらない。

痛快ともいえるキャラクターで、年取っても息子に我儘が言えるのも彼女ならではである。

「若菜《わかな》上」の帖ですでに故人であることが告げられているが、当時としてはかなり長寿であったようだ。

若き頃を懐かしんで、老いを嘆き、息子を困らせる老女の姿を鮮やかに描く作者紫式部の筆はユーモラスでもあるが一千年たった今でも笑えない老いの現実が少し辛い。

四

藤壺《ふじつぼ》は光源氏のマドンナ、驚く中年期の変貌

桐壺帝は寵愛《ちょうあい》した桐壺更衣が亡くなってからは政事にも身の入らないほどの落胆ぶり。先帝の女四《おんなし》の宮《みや》が桐壺更衣にそっくりの美貌と聞くや、熱望し女四の宮は十五歳で入内する。桐壺帝が可愛がる光る君（光源氏の幼名）と並び寵愛を受ける女四の宮は藤壺と呼ばれ、「輝く日の宮」と称される。この時光る君十歳、藤壺は五歳上。桐壺帝は幼くして母を亡くした光る君を常々不憫に思っていたので、二人を実の母子のように遇している（「桐壺」の帖）。

桐壺更衣を苛めぬいた桐壺帝の正妻弘徽殿女御は、またも桐壺帝が藤壺を寵愛するのを苦々しく思うものの、藤壺は先帝の姫、桐壺更衣を虐めたようには手が出せない。藤壺は血筋、美貌、人柄すべてにおいて欠点のない女性であった。

光る君が十二歳で元服し左大臣の姫君、葵《あおい》の上《うえ》と結婚し光源氏となってからは、藤壺と

身近に会うことがかなわなくなる。源氏は会えなくなって、いかに藤壺を慕っていたかと、思いが募るばかりである。藤壺が宿下がりをした折り、女房の王命婦《おうのみょうぶ》を説き伏せ藤壺と情を交わしてしまい、藤壺は懐妊する（「若紫《わかむらさき》」の帖）。源氏十八歳の時の事である。桐壺帝には露だに疑われることなく、皇子を出産するが、源氏と藤壺は不倫、懐妊、出産の秘密を終生共有していくことになる。

桐壺帝は第一皇子を帝に立て譲位し桐壺院に。世は朱雀帝《すざくてい》の時代となる。朱雀帝の母は桐壺更衣を苛めぬいた弘徽殿女御で大后《たいこう》の地位に昇る。

やがて桐壺院が崩御（「賢木《さかき》」の帖）。

桐壺院の崩御によって弘徽殿大后と実家の右大臣側の権勢が増し、源氏、藤壺は不利に追い込まれていくことになる。そのような政情にも源氏の藤壺への慕情がますます過激さを増して行く様子に、藤壺は、いかにして己と皇子そして源氏の身を守っていくかに、心を痛める。

まずは源氏との不倫の息子を永遠に桐壺帝の皇子として、ゆくゆくは皇太子に、さらには帝の位に就けたいと願う。藤壺の実家もすでに頼れるほどではない。桐壺院が亡くなった今、やはり源氏の後ろ盾がなければならない。しかし源氏は執拗に情念を向けてくる。もしも受け入れたりすればスキャンダルとなり、権勢を奮いたい弘徽殿大后側の思うつぼに陥り、三人ともに排斥となるかもしれない。かといって源氏の思いを無碍《むげ》に出来ない。今頼れるのは彼だけである。聡明な藤壺は悩んだ末に突然、尼になってしまう。男女の縁を断って、しかし後ろ盾を願う最良の道を得たのだ。

このころ、出家を漠然と思っていた源氏は藤壺に先を越され、二人の秘密の皇子を思うと自分は後ろ盾として、守っていかなくては、と出家どころではない心境に陥る。

一方尼となった藤壺は今までの美しい愛らしい様子のどこにそのような強さがあったのかと思うほどに知恵を巡らせ、弘徽殿大后側から皇子を守って行く。

が、そのころ源氏は弘徽殿大后の妹で、朱雀帝の尚侍《ないしのかみ》（天皇に仕える役所の長官）になっている朧月夜《おぼろづきよ》の里下がりを良いことに密会を重ねている。ともに愛人として、とても気が合っているのだ。

しかしこの危うい密会は父親の右大臣に見つかり、弘徽殿大后に告げられ大事となってしまう。

かねてから源氏を嫌う弘徽殿大后にとっては帝の尚侍に手を出すとは謀反《むほん》では、と一気に源氏を失脚に追い落としかねない勢い。察した源氏は自ら、しばし都から離れて帝に従順な心を示すことが今は藤壺と皇子の三人を守り抜くための得策であると考える。

行く先は須磨《すま》。このことは藤壺には大層なショックで、須磨に出立の前夜、訪れた源氏と語ることはやはり皇子の行く末を案じての不安であった。須磨に退去している源氏を思う藤壺は今まで世間に漏れることを怖れるあまりにつれなくし、己の源氏への情もひたすら抑えていたことを、懐かしむような心持ちで、細やかな手紙を須磨に送っている(「須磨」の帖)。

須磨から明石への退去の二年は源氏を輝く青年から分別ある壮年へと変貌させたが、藤壺も弘徽殿大后の権勢広まる中、必死で息子を守らねばならない。尼とはいえ世捨て人になっていてはいられない。頼みの源氏が宮中から離脱している現状を何としても乗り越えねば、との強い母性で、かつてのたおやかな藤壺はすでに姿を消しているように読者には思える。

この苦労は源氏が都に復帰するや、大いに報われるのである。

もし藤壺が以前のままの女らしく、美しく頼りなげであったなら、源氏の須磨退去の間に皇子ともども表舞台から消されていたかもしれない。すでに亡くなった先帝の中宮で落髪した尼、桐壺院の配慮で東宮になっている皇子とはいえ後ろ盾も無いと思われ、世間からは顧みられなくても不思議ではない二人である。しかし藤壺は、何としてもこの皇子、東宮を帝に、との強い思いである。そこにある強い思いは母性だけだろうか。

表向きは先帝の皇子でも実は源氏の子である。

藤壺はやはり源氏を愛していたのであろう。源氏の一方的な情念での不倫のように見えたが、藤壺は愛する源氏との子供ゆえに、最高の地位にまで東宮を就かせたかったのだ。

源氏は都に返り咲くと再び権勢の中枢を掌握していく。その様子はかつての浮いた噂を撒き散らし、プレイボーイを自認していたころとは明らかに異なる。政治家として一回りも二回りも大きくなったと言える。

朱雀帝は体調が優れず、譲位、東宮が十一歳で即位、冷泉帝《れいぜいてい》となる。

藤壺の不倫、懐妊、源氏の須磨への退居など十年余の激動が今まさに日が昇り結実したのだ。不倫は漏れることなく、藤壺は国母《こくも》となる。

念願かなって帝となった冷泉帝に、妃を入内させようと源氏と藤壺が話を進める件《くだ》りである。

源氏は、亡きかつての愛人六条御息所《ろくじょうのみやすどころ》の愛娘で伊勢の斎宮《さいぐう》から都に戻った姫君の世話をしている。家柄、美しさ、教養すべてに将来の中宮として申し分ない姫君で、年長であることも、まだ幼い帝の妃としてはかえって良縁である。帝にはすでに頭《とう》の中将《ちゅうじょう》の姫が入内している。何としても源氏側からも女御を入内させねばならない。源氏が切り札としているこの姫君は朱雀院も情を持っている。朱雀帝時代に斎宮として伊勢に下る姫君に思いを寄せている。伊勢から戻った姫君に、朱雀院は譲位してもまだ御執心である。源氏はそのことが少し気がかりであり、藤壺に相談をする。その折りの藤壺の源氏への返答ぶりをまず原文で見てみよう。

「いとよう、思《おぼ》しよりけるを。院にも、おぼさん事は、げに、かたじけなう、いとほしかるべけれど、かの御遺言《ゆゐごん》をかこちて、知らずがほにまゐらせたてまつり給《たま》へかし。「今《いま》はた、さやうの事、わざとも思《おぼ》しとゞめず、御行《おこな》ひがちになり給ひて、かうきこえ給ふを、ふかうしも思《おぼ》しとがめじ」と、思《おも》ひ給ふる」

（「よくお気づきなされました。朱雀院はすでに出家されたのだから、姫君への御執着などは知らぬふりをして、母の六条御息所の遺言に従って、帝に入内させます、と申し上げなさいませ」と源氏に言われる）（「澪標《みおつくし》」の帖）


と源氏の心配を軽くいなす感じである。

源氏は藤壺との密談に後押しを得て、朱雀院の心を知りながら、姫君を梅壺女御《うめつぼのにょうご》として入内させる。

いつの間にこのようにたくましい藤壺になったのか、読者も驚くが、源氏もたじろいだのではないか。朱雀院はのちのちまで、折りに触れこの斎宮の姫君への無念の思いを見せ、その都度源氏は胸が痛む。女の方が子供や己を守るとなると無情になれるのかもしれない。

藤壺は、朱雀院に仏道に勤行され、などと言いつつ、己は尼となって、源氏との恋愛関係はうまく断ったものの威勢は増し、宮中への参内も惜しまない。弘徽殿大后はその様子に隔世の感を覚え、嘆いている。

源氏との闇の画策で入内させた梅壺女御を中宮まで引き上げるには、帝の寵愛を一身に受けねばとの気持ちは源氏と同様で、絵合わせの競技も応援し二人の画策が功を奏して梅壺女御は女御たちの中で勝ち組となっていく（「絵合《えあわせ》」の帖）。

冷泉帝が不義の子であるとの秘密も漏れることもなく、身分が高いのに慈愛深い方と世間の評判も極めて高く、藤壺の中年期から初老にかけては幸せな日々を送っていた様子。

三十七歳で病で亡くなる臨終には、

「源氏の君には桐壺院の遺言を守って、冷泉帝の後見役をお勤めいただき、感謝を述べることもなく、世を去るのが心残り」と女房に語るのを源氏は聞き落涙する（「薄雲《うすぐも》」の帖）。

この最後の言葉に藤壺の、人前では繕わなくてはならないが、源氏を心底愛していた心情が感じられる。

三十七歳と言えば当時としては、若すぎるということもないが、源氏に美しい藤壺の残像を留めたままでの幕引きと言える。

原文では、

「ともし火などの消え入るやうにてはて給ひぬれば」と表現されている。

源氏の永遠のマドンナは消え去ってもマドンナのまま心に深く刻まれたのだ。

何故なら源氏が老境に入って、朱雀院の末の女三の宮との結婚を決意する理由は、藤壺の姪という一事である。

波乱万丈でありながら、愛らしく、しなやかな姫君から、強く、したたかに、しかし源氏を一生魅了し続けた女性である。

藤壺があれほどまでに隠し通して苦しんだ不義密通を、藤壺が亡くなって、古くから藤壺の祈祷師であった僧都《そうず》により息子の冷泉帝に明かされてしまう。冷泉帝は一人胸に収め、実父と聞かされた源氏にも秘密を知ってしまったことを明かしはしない(「薄雲」の帖)。

三者三様、胸の奥深くに閉じ込めた秘密は公にはならない。

藤壺が亡くなって一年あまり経った頃、源氏は愛妻紫の上に、ある夜更け、今まで噂に上った女性について語り始め、藤壺についても恋しく懐かしい思いにかられたとはいえ、あれほどすばらしい方はいらっしゃらない、と軽々しく心情を吐露する。

その夜、源氏の夢枕に現れた藤壺は、世間に漏らさないと約束したのに、浮名が流れるようで、情けなく恥ずかしい。冥界でも苦しんでいるのに。と源氏に恨み言をいう(「朝《あさ》顔《がお》」の帖)。

もう亡くなったからと秘密を漏らしそうな気配の源氏にあの世からでもお灸を据える藤壺には、生前の中年期以降のたくましさが消え、尼となって、源氏の情を断ったものの、本心は源氏を深く愛していたことが感じられていじらしい。

藤壺は光源氏の夢枕に現れ、秘密が漏れたと嘆く

五　空蟬《うつせみ》の一言が、光源氏の一生の良薬となる

世に有名な「雨夜《あまよ》の品定《しなさだ》め」は、光源氏が十七歳の時のことである。平安時代では十七歳はすでに成人であり、源氏は近衛中将《このえのちゅうじょう》の地位になっていた。五月雨の続く一夜、宮中の宿直所《とのいどころ》に親友でライバルの頭《とう》の中将《ちゅうじょう》、左馬頭《さまのかみ》、藤式部丞《とうしきぶのじょう》の若者四人が集まって、女の品定めをそれぞれが耳学問や体験から語り合うシーン。結論として、上流階級の女は教養も美貌もよいが、画一的で、面白味に欠ける、下流は言うに及ばず、中流の女こそは上流ほどではなくとも、そこそこ礼儀も教養もあり、さらに個性があって思いがけない面白味のある女に巡り合える、等と夜更けまで語り合う。

源氏の正妻は、左大臣の姫君で、他の恋人たちも上流階級ばかり。三人の公達《きんだち》の女の品定めを聞いた源氏は青年らしい奔放さで、中流の女にいたく興味を抱いた様子であった。

そのような折り、正妻葵の上を訪れようとしたのに、方角が悪いと言われ、方違《かたたが》え（一

「碁《ご》」は平安時代の人気遊戯。空蝉も義理の娘の軒端荻《のきばのおぎ》と楽しむ

度方位の良い方に一泊してから目的地に向かうこと）のため紀伊守《きいのかみ》の館に泊まることにする。

紀伊守の父親伊予介《いよのすけ》は伊予の受領《ずりょう》で、今でいえば知事である。中流貴族と言ってよい。伊予介には年若い後妻がいることを、源氏は聞き知っていた。そこに先日の雨夜の品定めが下地となっていたのだろう、女の居そうな部屋を訪ねて強引に女を自分の寝所に抱き抱えて運ぶ。廊下で驚く女房に「翌朝迎えに参れ」と言って扉を閉める。抗う暇すら与えぬ源氏の高慢な、何をしても許される今までの生活ぶりが現れている。

女は強引な源氏に必死に言葉をかける。原文から引いてみよう。

「現《うつつ》ともおぼえずこそ。数《かず》ならぬ身ながらも、おぼしくたしける御心ばへの程《ほど》も、いかゞ、浅《あさ》くは思う給へざらん。いと、かやうなる際《きは》は、際《きは》とこそ、侍るなれ」

（現実のこととも思えません、私の身分が低いから見下げて無体なことをなさるのでしょうか、低い身分でも身分相応な生き方がございます）（「帚木《ははきぎ》」の帖）

と涙ながらにもきっぱりと心は拒絶している。源氏は身分が低いなどと思っていない、以前から心に抱いていたなどととりつくろいつつも、芯が強く折れそうで折れないなよ竹のようだ、と心魅かれる。

源氏の強引な行為に心ならずも一度は情を交わさざるを得なかった空蝉はその後の口説きには応じない。この強さから、近寄ると消える木「帚木」の伝説になぞらえ帖名となっている。

この心の強さに源氏はかえって魅かれ、上流の女君にはない中流の女に魅力を感じて行く。

時は過ぎ、女の問題でこじれ、源氏は都から須磨へ退去していく。その間、空蝉の方も受領の夫の任地先、常陸《ひたち》に夫と共に出向いて行く。

はじめて空蝉と出会い、ただ一度の情を交わした時からほぼ十年の時が流れている。須磨、明石より都に復帰した源氏は退去前よりも政治家として勢いを増し、青年から中年の充実した生活が公私ともに訪れていた。

須磨に退去していく折りに無事を祈願した石山寺に、源氏が願ほどきに参詣したのは都に戻ってから一年後の秋である。

一方、空蝉にしても源氏の身勝手で強引な行為に二度とは応じない強さを見せたものの、世の憧れの的である源氏との一夜は若い時の思い出として忘れられなかったのではないか。常陸から任期を終えて都に戻る夫常陸介、空蝉の一行と石山寺に参詣する源氏の一行が逢坂《おうさか》の関《せき》で鉢合わせする。

今が盛りの二十九歳、内大臣の位に昇った源氏の一行は聞かずともそれとわかる立派な仰々しい行列である。

逢坂の関と言っても、山間の狭い関である。女車を含めて十両ほどの常陸介の一行は脇の木々の合間に数両ずつ車を差し込んで源氏の一行に道を譲る。

源氏は脇に車を寄せた一行が空蝉の夫、昔の伊予介、今の常陸介の一行と知る。空蝉の弟の小君《こぎみ》を呼び寄せると、

「今日、私がこの関まで迎えに出たのに、冷たくしないでしょうね」

と調子のいいことを伝言する。

空蝉はまだ忘れられていないことに胸のつまる思いでいっぱいではあるものの、わが身をわきまえ、軽々しくは答えられない。

この「関屋《せきや》」の帖は最も短い帖であるが、国宝『源氏物語絵巻《げんじものがたりえまき》』にも残され、九月の逢坂の関の美しい秋の風景をバックに源氏一行の華美な衣装、木々の合間に見え隠れする女車など、情緒豊かな絵巻物のワンシーンで見る者を堪能させてくれる。

さて、そののちも源氏は空蝉の気をひこうと折りにふれ手紙を贈る。

空蝉の夫の常陸介は高齢で、自分の亡きあとの若き妻、空蝉の身を案じ、息子の河内守《かわちのかみ》

（紀伊守）に面倒を頼む。もちろん源氏の一方的で無体なこととはいえ、妻の不貞の過ちは知らずに亡くなる。

息子の河内守は、面倒を見ることを建前に空蝉に下心を抱き、せまる。

空蝉は身の不運を嘆き、誰にも言わずに出家し尼になってしまう。

「関屋」の帖はこの空蝉の出家でおしまい。この空蝉の出家についての源氏の思いや困惑などは一言もなく、プライドを持った空蝉らしい身の処し方と読者も納得の幕切れ。

ところが、物語は源氏の栄華栄光の時代が進んでいるさ中、年の暮れに、新年用に女君、女房達に晴れ着を見立てて贈る話が出てくる。このシーンは平安時代の織物、反物に加えて、色合わせなどが詳しく語られていて、日本の美意識の素晴らしさを知る貴重なショットである。源氏が紫の上、明石の君など主役の女君に衣装を選び、調えた最後に、

「二条の東の院に引き取られ、源氏のお世話を受けている空蝉の尼君には、青鈍色《あおにびいろ》の趣味のよい織物に自分のお召し物の中から梔子色《くちなしいろ》のお召し物、薄紫色も加えて」（「玉鬘《たまかずら》」の帖）。

とあり、読者もあの空蝉が源氏の二条にいることを知る。

「関屋《せきや》」で再会したのは源氏二十九歳、そして、「玉鬘《たまかずら》」の帖で女君たちに晴れ着を見立てている源氏は三十五歳頃。

尼となっているので、男女の関係は無縁となるが、源氏にここまで大切に思われる空蝉とは、紫式部の筆では不美人のように書かれているが、放ってはおけない何か惹き付ける魅力があったのだろう。

自分ほどの男が口説けば女は思い通りに言うことを聞く、というあながちな思い上がりをへし折られた若い頃の思いは、時が経つほどに良薬となって源氏の心にある爽快さを持って残っていたようだ。

空蝉自身は年取った男の後妻となり、夫亡き後は夫の先妻の息子に迫られ不運な身の上と嘆いて、尼になってしまったが、晩年は男女のいざこざに巻き込まれることもなく、源氏の世話で不自由なく仏道に身を置き安泰に老後を過ごしている。

六　六条御息所《ろくじょうのみやすどころ》は「老い」の果報を得る前に、妄執を抱いたまま旅立つ

六条御息所は現代の女性読者に最も人気のある女君といってもよい。『源氏物語』を詳しく知らなくても光源氏との濃密な恋愛関係を思わせ、美しい気品ある女性と想像する。源氏と彼女との馴れ初めについては、何かのはずみで彼女の筆跡を見て、何と美しく教養の高い女君、どのような方であろうか、と興味を示した、と軽く触れられている程度。やがてその方は先の早世した皇太子の妃で小さな姫君と共に六条の実家の屋敷に戻られていることが明かされる。御息所とは皇子、皇女を産んだ女御、更衣で、最高位の貴族である。六条の屋敷には若い上流貴族や公達が訪れサロンのようである。

源氏も願いがかなってサロンに出入りするようになると、好奇心に加え、彼ら公達の中から出し抜いて自分の彼女にしたいと、日を空けずに通い詰める。

平安時代は自由恋愛であるが、決まりのようなものがある。

男女でお茶や食事を共にすることはなく、夕方六時過ぎ位に女君の家を訪れ御簾《みす》越しに思いを和歌に書いたりして九時前には帰る、これは、まさに恋慕の情を訴えて口説き中であることを表す。

今源氏はその状態で、しきりに御息所に情熱的に思いを訴えている。

この時源氏は十七歳、御息所は七歳年上である。

都でもすでに評判の、輝くばかりの皇子、源氏である。

御息所がついに情に負け、源氏を受け入れ、恋人以上となると、訪れる時間が変わる。男君は夜九時頃から女君の元を訪れ泊まって、朝、日の出前には女の家を出るようになるのだ。

源氏の訪れとなると、立派な牛車《ぎっしゃ》に、お伴もそれなりにふさわしい恰好となり人目を惹く。

プライドの高い御息所にとっては、日を空けずに源氏の訪れを期待していたのとは裏腹に、彼はいざ自分の彼女となってみると、年が七歳も上で、完璧な教養、美貌が堅苦しくて息が詰まる。あこがれの藤壺のような優しい美しさとは異なる。

こうして、源氏の六条への訪れは間遠になる。

早くも愛人と世間に知れ渡った御息所の、しかもすでに源氏に飽きられた感ありとの風評、これは御息所には耐えられない恥辱である。

吹っ切ってしまいたい、と思っても、源氏が訪れれば再び燃え上がる情念。理性で抑えればますます内攻する。苦しむ御息所の様子を知りつつ、源氏は、ふと通りがかった家の軒先に咲く花からその家の女夕顔《ゆうがお》に惹かれ、戯れの遊び心で情を交わす。

夕顔は氏素性を明かさず、源氏自身も名乗らない。なのに寄り添ってくる不思議な女、源氏は戯れのつもりが訳もなくのめり込んで、逢瀬を楽しむ。

かといって、気高く教養にあふれ、身分は元皇太子妃、藤壺に劣らぬ美しさである御息所を愛人に持つことは源氏の自慢でもある。が、堅苦しく共に居る時は気が抜けず、互いに名も告げない気楽な夕顔の元に通ってしまう。

その夜は二人のミステリアスな関係をさらに楽しもうと、源氏は夕顔を荒れた別荘に誘い出す。人気のない真っ暗な荒れた別荘に真夜中突然、枕元に生《い》き霊《りょう》が現れ、その生き霊は「私はあなた様をお慕いしていますのに、私を見捨ててこんなつまらない女を寵愛されるとは悔しい」といって夕顔に手をかける。驚き慌てる源氏を後目《しりめ》に夕顔は生き霊に取り殺されてしまう。その声は六条あたりの女君のようだ。

「夕顔」の帖では源氏にも読者にも、「もしかしたら、御息所の生き霊か」と思わせるものの、夕顔に死なれて慌てる源氏の立場で物語は進み、しかと御息所とは描かれていない。まだ出会ってから日も浅く、これからが面白くなりそうな不思議な雰囲気の夕顔との逢瀬の最中に起こった生き霊の仕業であった。

源氏は可憐で従順な夕顔を取り殺した生き霊は、あの素晴らしい女君、御息所？と漠然とした不安と怖れを抱く。

物語は藤壺の宿下がりの折りに女房の手引きで再び情をかわした源氏、藤壺の懐妊という劇的な展開に進んでいく。一方では藤壺の姪であるがまだ幼い紫の上を手元に引き取り最愛であるが逢えない藤壺の形代、身代わりとして自分好みの女に育てようとする源氏の新しい生活が描かれていく（「若紫」の帖）。

御息所のことは桐壺帝からも「軽々しい扱いをしてはならない」と釘をさされていても

源氏はなかなか六条方面に足が向かない。初めて六条に通い出した頃からすでに五年は経ているだろうか。御息所といえば家柄、美貌、教養、いずれを見ても、最上級の貴族である。それが源氏の一時の気まぐれの愛人のような扱い。それでも御息所の源氏への狂おしいほどの情愛は深まるばかりで世間からは嘲笑されているようにすら覚えても思いを断ち切ることが出来ない。断ち切れないことで、御息所の悲しみは深く、哀れである。

その頃源氏二十二歳、正妻葵《あおい》の上《うえ》の初めての懐妊。都《みやこ》は葵祭《あおいまつり》で盛り上がる季節。

今年は斎院《さいいん》の御禊《ごけい》（斎院が賀茂の河原で禊《みそぎ》をする）の日、帝《みかど》の名代《みょうだい》に勅命《ちょくめい》で源氏が立つということで、直接馬上の貴公子源氏が見られると、都中が噂で持ち切りである。

同じ頃、伊勢の斎宮《さいぐう》には、御息所の娘である姫君が決まる。御息所は、源氏に捨てられてしまう前に自分から別れを決意して娘に付いて伊勢に下ることが、この恋の結末に相応しいと思う一方で、やはり源氏を思い切れず悩ましい日々を送っている。正妻の葵の上の懐妊の噂も理性ではわかっていても嫉妬心が渦巻き、多忙とはわかっていても源氏の訪れの無い日々に心は苦しい。

それでも葵祭の名代の彼を見たい。

気持ちの整理もつかぬまま御息所は目立たぬ車でひっそりと見物人に混じっている。その場所に、後からゆっくりと、しかも正妻の葵の上の数台の車が押しのけて入ってくる。お付きの若者も遠慮がない。そちらは源氏の愛人、こちらは正妻だ、として、御息所の車は後ろに追いやられ、大衆の前で大恥をかかされてしまう。

葵祭に来なければよかった、すぐにも帰りたいと思っても貴族たちの車の列の後ろは群衆で一杯、後戻りも出来ない。そこに賀茂の新斎院の行列がお成り、輝くばかりの晴れ姿の源氏が美しく飾られた馬に乗って目の前に現れる。御息所の前には葵の上の車、源氏は丁重に目礼していくが、後ろに追いやられてしまったわが身には一瞥もない。

御息所の身も心もずたずたになるこのシーンは物語の屈指の名場面である。京都中の人々が押し寄せている大スペクタクル、葵祭の陽光のなか、華やかに続く行列の片隅で崩れ落ちる御息所の様子があまりにも痛々しく哀れである。

この「葵」の帖の有名な〝車争《くるまあらそ》い〟のあと、御息所は心身の疲れか、自分では意識なく、ふと気がつくとぼうっとして魂が勝手にどこかをさまよって、美しい女性の傍に行っていたような思いにかられ、己に不安を感じている。

一方葵の上の体調は祭り見物のあと、あまり芳しくない。珍しく源氏に会いたがっている、との妻葵の上の呼び出しに駆け付けた源氏に語り掛けるしぐさや、声はあの御息所そっくりである。

「嘆きに堪えかねて、思い詰めると私の魂はさまよってしまうのですね、しっかりと繋ぎとめてください」

御息所の執念に光源氏は不気味さを覚え、愛おしさはなくむしろ疎ましくさえなる。

葵の上の出産は早まり、無事に男児を出産。桐壺帝をはじめ、親王がた、公達から産《うぶ》養《やしな》いの品々が届けられ盛大な祝いの噂を聞く御息所の心情は穏やかではない。噂では命が危ないとすら言われていたのに、安産とは、と妬ましい思いがする。

が、ふと気が付くと、魂が抜けて美しい女性の元にいて、髪を引っ張ったりしているような夢をみる。正気になると自分の着物や髪に祈祷《きとう》に焚《た》く護摩《ごま》の匂いが着き、洗っても抜けない。やはり私は葵の上の枕元に行っていたのだろうか、と我が身、我が心が疎ましく、ますます源氏が遠のくであろうと思い、一人悲しみ悩む。

葵の上は産後の肥立ちがすっきりせず、物《もの》の怪《け》が憑《つ》いている、と日夜を問わず祈祷が行

六条御息所は生涯「車争い」が心の深い傷となって苦しむ

われ護摩が焚かれる。が、それも空しく官職を任命する儀式の除目《じもく》の日、葵の上の父親の左大臣、夫の源氏を始め、男共が皆、宮中へ出かけた折りに葵の上はひっそりと亡くなる。

源氏はたびたびの御息所の生き霊を思うと、その情念、妄執がそら恐ろしく、この世に恨みが生き霊となって祟るということが実際にあるのだ、と御息所をいとわしくさえ思う。

はかなく月日が過ぎつつある晩秋に御息所よりお悔やみの文が届く。源氏はしらじらしい、と思うものの返さないのも高貴な彼女に失礼と思い直す。

とまる身も消《き》えしもおなじ露の世に心《こころ》おくらん程《ほど》ぞはかなき

（生き残っている者も亡くなって消えた葵の上も同じ露になる世なのに、この世に執着なさるのはつまらないことです）（「葵《あおい》」の帖）

この返し文に御息所は自分の生き霊を源氏が仄《ほの》めかしていることを思うと、罪深い身が辛く悲しみに沈む。

帖は変わって「賢木《さかき》」へ。

妻の葵の上が亡くなると、御息所が、源氏の正妻に相応しいと世間の噂が高まるのに、源氏の訪れは全くない。御息所は、もうきっぱりと執着は捨てて娘の斎宮に付き添って伊勢に下ろうと決意する。

斎宮は伊勢に下る前に嵯峨野《さがの》の野々宮《ののみや》に潔斎所《けっさいじょ》を設けられ、入られる。御息所も黒木《くろき》の鳥居《とりい》、火焚屋《ひたきや》にかすかに火の灯る寂しげな仮住まいに身を寄せている。

もう御息所からの文もない、となると源氏はこのまま逢えなくなるのはたまらなく愛おしく思われ、世間の噂に御息所から源氏は捨てられたと思われるのもみっともなくも思え、野々宮に逢いに出かける。

嵯峨野の晩秋、枯れた草をかき分け近寄る源氏は、逢えば御息所も翻意《ほんい》し都に残るであろう、と自信を持って出かけてきたのだ。あの生き霊のわだかまりも野々宮の神々しい美しさの風景に薄れたように、源氏は、かつての御息所の優雅な美しさを思い返して口説く。が、御息所の伊勢行きの決意は固い。

秋の月が天空から傾く暁の中、源氏は、心ならずも都に戻って行く。

御息所はぎりぎりの所で、我が心と葛藤する。

この野々宮の別れは、車争いから、生き霊の浮遊、さらに物の怪の取り殺しなど荒々しく、恐ろしい場面から一転して、澄み切った晩秋の嵯峨野の空気に、読む者までも気持ちが洗われるようなシーンであり、御息所も情念、嫉妬、妄執から解放されたのか、と思える物語の中でも秀逸の場面である。

帝の御世が代わり、斎宮の任期を終えた娘とともに京に御息所がもどったのは六年後である。

その間、源氏にも諸事情があり、一時都を離れ須磨、明石に身を寄せている。御息所からも須磨に慰めの文が届くこともあったものの出会う折りは無かった。

都に戻ってからの源氏は、もうかつての華やかに恋を楽しむだけの青年ではなく、政治家としての画策を駆使し、力を発揮して逞しい。

一方娘とともに都に戻った御息所は、伊勢での生活の無理がたたったのか重い病に罹っており、出家してしまう。

たびたび見舞う源氏に御息所は、娘の将来を案じ、後見を依頼するが、くれぐれも我が身のように、恋愛の対象には考えないでほしいと懇願する。

御息所の遺言とも思える、源氏を心の底から愛しているからこその文言である。

うたてある思ひやりごとなれど、かけて、さやうの、世《よ》づいたるすぢにおぼしよるな

（取り越し苦労のようですが、わが身のように娘を恋愛の対象とはなさらないで）

この言葉に源氏の反応は

あひなくも、の給ふかな

（遠慮なく、まあ言いにくいことを言われるなあ）（「澪標《みおつくし》」の帖）

と思いながらも、源氏は娘の姫君の後見を御息所に約束する件である。御簾に近寄る源氏にやつれ切った姿は見せられないが、心に懸かっていた娘の将来を託せて安堵した様子を語る。この七、八日後に御息所は亡くなる。源氏二十九歳、御息所三十六歳。

御息所が源氏に出逢ったのは二十五歳ころ、情念、プライド、気品等々を時にはずたずたに引き裂かれてもなお源氏を思いきれない強い愛の執着。理性で抑え込めば肉体から自分の知らぬ間に生き霊となって、源氏の愛する女性に取り憑き、時には取り殺してしまう。そのことを、御息所自身も納得していることが、哀れである。

どんなに苦しみ、源氏を恨み、憎んでも愛の執着の生き霊は、源氏には取り憑かない。御息所の生き霊は、「源氏の君は加持祈祷の御加護が強くて取り憑けない」と言い訳をして女性に取り憑いているが、御息所は心苦しいほどの執着を抱く源氏にはやはり取り憑けなかったのだろう。

源氏も読者も、「澪標」の帖でこの息詰まる愛の結末に肩の荷を下ろしたような、ほっとしたような思いを感じたのではないだろうか。怒涛のような愛の終わりにそっと御息所に、あの世で安らかに、と合掌したくなる。

源氏は御息所との約束もあり、藤壺に相談して御息所の姫君を冷泉帝《れいぜいてい》の女御として入内させる。梅壺女御《うめつぼのにょうご》と呼ばれた姫君は後に秋好中宮《あきこのむちゅうぐう》となり、源氏の栄華の一端を担ったといってもよい。

源氏は御息所の姫君の美しさに自分の女にしたい気持ちにかられるが、御息所の最期の言葉を思い返して自制する。苦しい息の下で、言いにくいことをしっかりと釘を刺した御息所の遺言は正しかったのである。

御息所が亡くなって十年は経たであろうか。御息所の話は読者の心に、愛の強さ、妄執の怖さなど大きなインパクトを与えて、ひとまず次の物語へと移っていく。

さて源氏の事実上の正妻、紫の上の体調が衰えてきたのは、若い女三の宮《おんなさんのみや》の源氏への降嫁が大きな要因であった。

それまで耐えてきた源氏の女性関係などに対し、女三の宮が正妻として迎えられたことで、細い糸がぷっつりと切れたような紫の上の心持ち。源氏は紫の上の弱った心身を励まし、なだめ、言い訳のつもりか、かつての女君の人と成りを紫の上に語る場面がある。

「御息所のことは、優艶だが気難しい方、長くしつこく恨まれてこちらも苦しかった。罪滅ぼしに秋好中宮を後見しているのだからもう見直していられるだろう」などと語る。それは御息所が亡くなってからすでに十年以上が経ち、源氏も中年四十代も過ぎた頃のことである（「若菜下」の帖）。

が、このあと紫の上の病は重くなり、加持祈祷の最中に憑《よ》り子《こ》に物の怪が乗り移り、紫の上に御息所の悪口を言ったと源氏を責める。その口調はまさしく御息所その人である。

我が身こそあらぬさまなれそれながら空おぼれする君《きみ》はなり　いとつらし

（私の身はもうあの世で、変わり果てた姿になってしまいましたが、あなたは昔のままでわざと空とぼけておられる、あなたは昔のあなた　ひどく恨めしい）（「若菜

下」の帖）

と憑り子に乗り移った御息所の声で、死後の己と比してかつてと変わらぬ源氏を恨めしく思って嘆く。

この場は加持祈祷によって、紫の上はかろうじて一命を取り留める。

源氏は忘れかけていた御息所の愛の妄執の深さ、恐ろしさを思い返す。もちろん読者も。正妻ではなくても自他ともに認める妻であったのに、源氏の女三の宮との結婚は紫の上の心を深く傷つけ取り返しがつかなくなってしまったことは、源氏の胸にも十分に響いている。若き正妻女三の宮の元へ出かけることよりも、紫の上を物の怪から守ることに必死である。

ここに隙が出来てしまったのだろうか。

女三の宮に思いを寄せていた柏木《かしわぎ》が、ふとした機会から思いもかけず密会が叶い積年の激情を遂げてしまう。

柏木は源氏の幼いころからの親友にして好ライバル、頭《とう》の中将《ちゅうじょう》の息子であり、大層可愛がっていた若者である。

柏木と女三の宮の密通はすぐに源氏の知るところとなる。

今まで自分が不義密通をすることがあっても逆に妻が、それも朱雀帝からたっての願いで降嫁された正妻が密通するとは。決して世に知られてはならない秘密である。

しばらくして、女三の宮の懐妊を知った時から、源氏は男の子であることを怖れる。人前に顔を晒す男では、柏木に似ていると言われたらどうしよう、不義密通が明らかになってしまうなど、若い頃の源氏からは想像すらできない二人に対しての意地の悪さに、中年の人間味と言えば聞こえはいいが、人生の頂点から滑り落ちて行く時を読者はまざまざと見せつけられる。

女三の宮は源氏が心配していたように、男の子を出産。成長を思うと源氏は心が痛む。女三の宮は源氏のちくちくする嫌味に出産とともに死んでしまいたいとすら思うほどで、産後も弱り果てて、尼になりたいと源氏に話す。世間体をはばかって源氏は聞き入れない。

だが、女三の宮はすでに出家している父朱雀院に懇願し出家してしまう。慌ただしい落飾のあと、後夜の加持の最中、物の怪が現れ、「前の一人（紫の上）の時は取り返せたと思われたことが悔しく妬ましかったので、今度はこの女にこのところ取り憑いていたのだ。さあ、帰ろう」と嘲笑して、消える（「柏木」の帖）。

源氏には、例の六条御息所の怨霊とはっきり思え何とも情けない気持ちになる。

この時源氏四十八歳、平安時代では、今の感覚でいえば還暦も過ぎ、老いに差し掛かっている頃である。

若者の柏木に若き正妻と密通され、不義の子を自分の息子として世に披露し、それだけでも背負いきれないほどの苦悩に喘いでいる折り、またも御息所の怨霊に、女三の宮まで尼にされてしまうことに。

自分こそ出家したいのに、人知れず泣きたい思いの源氏である。

誰もが人生で通る若者から壮年、栄華時代、そして初老、老年。

六条御息所は源氏の十七歳から四十八歳まで、生前からあの世に入ってからも追い続け、本人には取り憑けず、回りの女性に次々憑いて妄執を晴らす。

「若菜下」「柏木」の帖は物語の展開が手に汗を握るようで、面白く進むが、その都度折々に御息所の怨霊が現れる。

源氏は情を交わした女君には、たとえ男女の関係がなくなっても面倒をみていくことで有名である。が、御息所には冷たい。若い時の憧れから恋人以上となったものの、あまりに強い愛情、妄執に源氏は引いてしまう。御息所自身も己の妄執が、源氏の他の女への嫉妬から怨霊にまでなって憑《と》りついてしまうことが恐ろしい。

亡くなって何年？えっ？まだ成仏しないの？と、読者もその怨念と愛の執着に憐れみ驚く。

娘の秋好中宮が母御息所の怨霊が悪さをするという噂に心を痛め、熱心に加持祈祷をする。「鈴虫《すずむし》」の帖で、秋の宮中での管弦の宴のあと、母の報われなかった愛を思いやる娘と源氏の話がしみじみとして、心に染みいる。

この時をもって御息所の怨霊はもちろん、御息所の話題は以後『源氏物語』から姿を消す。

御息所は藤壺と並んで源氏の恋愛対象として『源氏物語』の芯である。

その愛の深淵、情念のすさまじいまでの炎、といったものが『能《のう》』の舞台にも登場する。『源氏物語』から作られた『能』は「源氏能」と呼ばれ、十種ある。そのうち「葵上《あおいのうえ》」と

「野宮《ののみや》」の二種が六条御息所を主題としている。

「葵上」は御息所の生き霊が橋がかりに現れ、例の車争いの耐えがたい屈辱や、葵の上への嫉妬の辛さを訴える。理性の抑圧から肉体を抜け出した生き霊は般若《はんにゃ》の面の鬼形に変じている。物語屈指の場面が能の舞台でも恐ろしさとすばらしさのスケールが大きく、世《ぜ》阿弥《あみ》が手を加えた古作の能。

「野宮」は嵯峨野に黒木の鳥居、小柴垣のいかにも秋深い冷徹な空気の漂っているような舞台。登場する六条御息所は秋にふさわしい女であるが、すでにこの世を去っている。死をもって、源氏への激しい妄執も今では懐かしむかのような女心のいじらしさである。伊勢への下向を慰留しに恋人源氏が野宮を訪れ、それを振り切った御息所。その日、長月の七日に御息所の魂はいつもこの野宮に戻ってくるという、能の設定。静かに昔を思い懐かしんでいるが、生死の境でなお妄執は消えないことを彼女は恥じつつ、舞台を去る。

世阿弥か金春禅竹《こんぱるぜんちく》かと言われる名作であるが、六条御息所に哀れさだけではなく、温かさを感じる舞台に観る者も共感を覚えるのだろう、やはり人気の高い「能舞台」である。

『源氏物語』のもっとも重要な女君、藤壺は『能』には登場しない。

藤壺は源氏の永遠の恋人であるが、世阿弥や金春禅竹には、戯作としての魅力が六条御息所ほどには感じられなかったようである。

さて、御息所は三十六歳で生涯を終えている。

今の感覚でいえば、五十代半ばから後半くらいであろうか。

伊勢の斎宮となった娘に追従して、伊勢に下って、その苦労が体にこたえて、六年後に帰京した折りにはかなり弱って重い病にかかり尼になり、衰えていた様子が描写されている。

源氏はたびたび見舞うもののやがて亡くなる。

平安時代の四十歳を祝う「四十の賀」は、今か少し前の「還暦」の祝いといえる。御息所は四十の賀の前に亡くなっている、今でいえば還暦を待たずの逝去である。

今の時代では還暦から「老い」の文言が身近になり、自分が自覚する前に暦や親族、知人、友人あたりから老いを思わされていく。自分はまだ若いと無視してもいつの間にか老いは近づき、無駄な抵抗であると気付く。

あの源氏が「四十の賀」で、「老い」への入口での戸惑いを隠せず愚痴るセリフがあり、一千年前から「老い」の厄介な思いの変わらないことが思える。

このくだりは、源氏が四十歳を迎えた新春子《ね》の日《ひ》に、娘として面倒をみた玉鬘《たまかずら》が髭黒《ひげくろ》大将と結婚し、年子で生まれた幼子を連れて、源氏の四十の賀の祝いに訪れた時のことである。大層立派な祝宴の様子が描かれた中、源氏は玉鬘に、

「すぐる齢《よはい》も、身づからの心には、殊《こと》に思ひ咎《とが》められず、ただ、昔ながらの、わかわかしき有様にて、あらたむることもなきを。かかる、末《すゑ》々のもよほしになん、なまはしたなきまで、思ひ知《し》らるる折《をり》も侍りける。中納言の、「いつしか」と、まうけたなるを、ことごとしく思《おも》ひ隔《へだ》てて、まだ見せずかし。人より殊にかぞへとり給ひける、今日《けふ》の子《ね》の日《ひ》こそ、なほ、うれたけれ。しばしは、老《おい》を忘れても侍るべきを」

（「年を重ねることも、自身では格別に気づかず、ただ昔のままの若々しい気持ちに変わりはないのですが、こういう孫たちの催し事できまり悪いほど、年が思い知らされます。息子の夕霧中納言がいつの間にか子供が出来たのをまだ見せてくれません。他の人よりも先に私の年齢を思い知らせて下さった今日の子の日は、少しもの

寂しい気がいたします。もうしばらくは老いを忘れていたかった思いです」）（「若菜上」の帖）

一千年を経た今でも老いの仲間に入れられたくない思いは皆同じで、強く伝わる。今でも、老いの入口では拒んでいても、数年後、いや数年も経ずに、体や気力が徐々に暦の年齢に並び人前では虚勢を張って強がってはみても、体や気力の衰えには逆らえなくなる。

人はこうして老いを悟る。

が、いやおうなく老いを自覚せざるを得なくなったころ、「丸くなった」「年寄りの知恵」「寛容」「太っ腹」「好々爺」など、昔から長く生きてきた経験や知恵を褒める言葉も多い。

若い頃は、研ぎ澄まされた感性ゆえに他者と摩擦を起こし、怒りや恨みを買ったり、逆に知らぬところで妬まれていたりもする。ややもすれば、あの人だけは一生涯許せない、と思い詰めたりする。

老いることの負の部分ばかりに目が行き、愚痴も多くなるが、いつの間にか、一生涯許せない、と息巻いていたことが、はるか昔のことに思えて、むしろ懐かしさを覚えたり、許す自分の寛容さに満足したりもする。

長く生きてきた功徳が「老い」かもしれない。

ところで御息所は三十六歳で逝去、「四十の賀」を祝う前に亡くなっている。現代の感覚でも五十六歳くらいで、還暦前である。

先の源氏のような「老い」の訪れをまだ自他ともに自覚する以前である。

重い病で亡くなるが、この病は、娘の伊勢斎宮に伴って伊勢に下ってからの苦労が重なり、その結果の過労と言われ、老いの病ではない。当時の年齢からみれば、早死にとも言えないが、老いにはまだ間があった。

老いたことによって、恥ずかしいと感じたり、相手と戦う意欲がそがれ、撤退といったことに遭遇する前に、御息所は現世から閉ざされてしまった。

源氏への妄執とも思える強い愛、源氏を取り巻く女君への嫉妬、そうしたものが、燃え盛っているまま、老いることなく、あの世に抱え込んで逝ってしまった。

諦める、許す、忘れる、懐かしむ、といった老いることによって受けることが出来る果報を御息所は受けられなかった。

あの世に持ち込んだ源氏への愛、女君たちへの嫉妬は怨念、怨霊となって燃え続ける。「老いる」ことはこの世の負の思いを薄めたり、忘却したり、置き忘れてしまってあの世へ旅立つ道筋なのだろう。

御息所に「老い」がなかったことが哀れである。

「老い」を受け入れて「終活」が出来ることは、そこまで長きに渡って生きてきたご褒美であり、ありがたいことなのであろう。

七　末摘花《すえつむはな》はピュアな心を失わず、光源氏の老人ホーム？で平穏な老後

光源氏十八歳の頃、夕顔の突然の死に驚愕《きょうがく》してしばし忍び歩きも慎んでいたものの、乳母《めのと》の娘大輔命婦《たいふのみょうぶ》から故常陸宮《ひたちのみや》の姫君の噂を聞き、興味を抱く。文を送っても返事は無い。屋敷を覗いてみるとかつては立派な父宮の邸とみえるが今はさびれている。漏《も》れる琴の音色は上手くはないが格別な音色に思える。と、源氏は勝手に妄想を抱き、姫君と関係をもってしまう。

が、零落した貴族の、古風な時代離れのままの姫君に源氏は失望したものの大輔命婦の手前、時折は通う。ある雪の日の朝、源氏は姫君の容姿をはっきりと見てしまう。普賢菩《ふげんぼ》薩《さつ》の乗り物、ゾウのように鼻が長く、鼻先が赤く、額が張り出て下膨れ、とてつもなく長い顔、痩せぎすの体は痛々しく、源氏は大ショックを受ける。『源氏物語』の姫君の中で

異色な醜女。

紫式部は『紫式部日記《むらさきしきぶにっき》』を読んでもさして面白味やユーモアがある女性のようにはみえないが、『源氏物語』の中にはまれにユーモラスな場面が、それも唐突に現れる。この故常陸宮の姫君もユーモアを通り越した醜女ぶりをえげつないほどに描いている。

姫君は源氏の心など知らず、純真な歌を添えて正月用の晴れ着を贈る。

から衣君《きみ》がこころのつらければ袂《たもと》はかくぞそぼちつつのみ

（源氏の君のお心が薄情で辛い、私の唐衣の袂は終始涙にぬれています）（「末摘花」の帖）

この歌に添えられた晴れ着は古い紅花（末摘花）染で源氏も苦笑するばかり。

「末摘花」の帖のお終いには庭に咲き始めた紅い梅を見て、梅は好もしいものだが、あの人の赤い鼻を思い出していやはやどうにもならない、などとため息をついている。

「末摘花」の帖の最後に一言、作者の言葉で、

かかる人々の末々いかなりけん
（末摘花などのような人たちの行く末は、どうなったのでしょうか）

零落したものの格式ある家柄の姫君が突然、源氏の女君となって、一途に思いを寄せてくるものの、源氏は困惑気味である。これからの成り行きを心配しているのか、あやしい雲行きを察知しているかのような一言とも取れるが、少し深読みをしてみると、こうしたあまり頼りにならない男を当てにしてしまう女の将来を案じている節があるように思える。女のほうに財産があればともかく、零落貴族がもっとも危ない、という例が当時の社会に多々見られたのではないか。

それが作者のつぶやきのように、帖末に書かれているように感じる。

さて、末摘花のあまりの容貌を間近に見てしまった源氏はその後は常陸宮邸に通うこともないまま帖は終わる。

物語は進み、源氏は別の女性問題で須磨《すま》、明石《あかし》へ自ら退去することになる。二年半を経て明石より都に戻ってからの源氏は、すでにプレイボーイで鳴らした青年ではなく、政治家として隆々たる勢いを増し、内大臣の地位に昇っている。

ある春の夕方、源氏は花散里《はなちるさと》の屋敷を訪れる道すがら藤の香りに誘われて牛車《ぎっしゃ》から外を覗くと、大木の松にからんだ藤の花の垂れ下がる景色に見覚えがある。お付きの惟光《これみつ》によれば、かつて訪れた常陸宮邸、末摘花の屋敷とのこと。源氏は、あぁ、と青年時代を思い出す。

なんと長く忘れていた、しかも須磨に行く折りにも何の手当ても渡さず都に戻ってからも思い出すこともなく、短い間とは言え情を交わした女君、零落した貴族であったのに、あまりに薄情だったが、しかしこの荒れはてた屋敷にまだいるのだろうか、と源氏は訝る。惟光が草ぼうぼうの荒れ果てた庭の奥の屋敷に声をかけると、やせ衰えた老女が現れ、姫君はずうっと源氏をひたすら待ち続けて居ると言う。

それでは声を掛けて行こうと、源氏はつる草のからんだ荒れた庭を、惟光の先導でわけ入る。この「蓬生《よもぎう》」の帖は、「末摘花」の後日談であるが、『源氏物語絵巻』の現存する中でも秀逸の場面で名高いので覗いてみたい。

絵巻は右側から始まるが、絵の右側下方から左上方に壊れかけた簀子《すのこ》が大胆に斜めに描かれている。簀子の高欄《こうらん》は壊れているものの支える縁束《えんそく》の柱や板は残り、かろうじて崩れ落ちそうな縁を保っている。

画面の左には源氏が松の木の雫《しずく》を避けるように大きな傘を挿し、惟光は草の露を馬の鞭で払いながら、主人を先導している。

全くの廃屋ではない中に末摘花が待ち焦がれていることを思わせる微妙な崩れ具合。動きのある人物、大胆な構図。見事な絵巻である。

この絵巻の原画では一面の庭は褐色に退色していたのであるが、平成十一年から十七年に懸けて復元模写された。

描かれた当初のように庭が銀色の顔料で塗られ、青い草が点々とある様子に、原画を長年見慣れてきた現代の我々は一様に固唾を飲んだのである。

が、この銀色の庭こそ原文に忠実な春の雨上がりの月に光っている庭であったのだろう。

物語に戻ると、宮邸とはいえ、荒れ果て、誰からの援助もない、女房たちも逃げ出してほとんど孤独の中で、それでもいつか源氏が訪れて救ってくれるとひたすら待っている末摘花。その様子を原文で見てみよう。

わが身は憂《う》くて、かく、忘《わす》られたるにこそあれ。風のつてにも、我、かくいみじき有様を、聞きつけ給はば、かならず、訪《とぶら》ひ出で給ひてむ

（私の身の不運から、忘れられたのでしょうか、風の便りにでも惨めになっている私をお聞きになり、必ずお訪ねくださるでしょう）（「蓬生」の帖）

と、声をあげて泣きつつも辛抱強く、貧困のなかで源氏一筋で生きていた。思いがけない再会に、源氏はかつての源氏よりも、人の浮き沈みに媚びたりへつらったりする者など世間の裏表を見知った今、世間などに左右されずひたすら自分を待っていた末摘花に、純粋ないじらしさ、高潔な品位を感じる。こうした時代離れの奥ゆかしさが彼女の取柄だったと思う。そして原文には、

「さる方にて忘れじ」と、心ぐるしく思《おも》ひしを、「年ごろ、さまざまの物思《おも》ひに、ほれぼ

れしくて、隔《へだ》てつる程《ほど》、『つらし』と思はれつらん」と、いとほしくおぼす
（このかたの奥ゆかしさを思うと忘れて見捨てることはすまいと思っていたのに、須磨退去などの苦労でつい疎遠になった。自分を恨めしく思っていられたであろう、と女君をいじらしく思われる）（「蓬生」の帖）

さて、この「蓬生」の帖のお終いのあたりに、源氏が末摘花の姫君のひたすら自分を待ち続けた純情に応え、屋敷の手入れなどをし、こまごまと思いやる様子が語られている。

さらに六、七年が経ち、源氏は太政大臣《だいじょうだいじん》に昇る。その間に六条に広大な六条院を建築。紫の上《むらさきのうえ》、花散里《はなちるさと》、明石の君《あかしのきみ》、秋好中宮《あきこのむちゅうぐう》、さらに玉鬘《たまかずら》がそれぞれ四季の町に分かれた六条院に住む。源氏の理想が現実となったハーレムのような極楽にたとえられる屋敷である。

今までの住まいの二条院の東の院に新たに住まいを設け、そこに末摘花を移し、生活に困らないように世話をしていく。その東の院には空蝉《うつせみ》も移り住む。

「玉鬘」の帖には、年の暮れに女君、姫君たちに新年の衣装を贈る話がある。源氏と紫の上でそれぞれの女君たちの容貌、好みを考慮して衣装の色合わせを配していく平安時代

の美意識が見事に表れている場面がある。

二条院にいる末摘花、出家している空蟬にも似つかわしい衣装が贈られる。そして次の「初音《はつね》」の帖には、新年の華やかな行事が一段落した頃、末摘花と空蟬を源氏が訪れ声を掛けていく様子が書かれている。

「われは」とおぼしあがりぬべき、御身の程《ほど》なれど、さしもことごとしく、もてなし給《たま》はず、ところにつけ、人のほどにつけつつ、あまねく懐《なつか》しくおはしませば、ただ、かばかりの御心《こころ》にかかりてなむ、多《おほ》くの人々、年月《とし》を経《へ》ける

(源氏の身分としては、横柄に振る舞える立場であるのにそのようなことはなく、女君たちの身分に応じて誰にも心を開いてやさしくされる。多くの女君たちもそのお気持ちにすがって歳月を過ごしている)(「初音」の帖)

「末摘花」の帖のお終いに作者の独り言で、このような方々の行く末はどうなるのかしら、と老後を案じているつぶやきが、「蓬生」の帖で、源氏と再会し、さらに「初音」の帖で、

源氏の世話を受け、安泰な生活を送っていることを知る。

これは今でいえば無料老人ホームではないか。

源氏の意向、いや紫式部の願望であろうか。千年前になんと近代的な思考であろう。さりげなく触れられている件りであるが千年後の今でも安定した豊かな老後、老人ホームはおおきな課題である。その意味でも安心できる老後を考えていたとは実りある「蓬生」の帖である。

空蝉は尼になっている。末摘花ともすでに男女の間柄ではないが、真直ぐな純情が源氏の気持ちをとらえ、よい老後に繋がって行く。

末摘花の時代離れした心遣いに、時に源氏を苦笑させる話が物語に登場するがこれも御愛嬌で、零落しても変わらぬ平安時代の高級貴族の持つ品位品格が読み手にも伝わるような彼女の生き方が、おっとりとした淋しくない老後を送ることにつながったのだろう。

八

玉鬘《たまかずら》は平安のシンデレラ、順調なはずが予想外の中年のおばさん振り

光源氏がかねてより綿密な構成を考えて造営していた屋敷が六条院である。もともとあった六条御息所《ろくじょうのみやすどころ》の館を取りこんでさらに大きく四町の敷地に造営した。一町は四十丈（約１２０メートル）四方の土地で、間の小路も加えれば約２５２メートル四方、総面積６万３５００平方メートルで、東京ドーム（４万６７５５平方メートル）の一・四倍もの大きさとなる。

この広大な敷地を四つの町に区切り、春の町には最愛の紫《むらさき》の上《うえ》と明石《あかし》の姫君《ひめぎみ》（源氏と明石の君との子）の住まい、東北の夏の住まいには花散里《はなちるさと》、秋の風情を活かした住まいには秋好中宮《あきこのむちゅうぐう》の里下がりの住まい、冬の町は明石《あかし》の君《きみ》。

若い時から源氏の愛した女君の個性に合わせて四季の趣を凝らした広大な屋敷はハーレ

ムのようで、男の欲望をすべて満たし、源氏の権力ここに極まれり、のすばらしさを平安絵巻を繰るごとく「乙女《おとめ》」の帖には記されている。

この時、源氏三十五歳。栄華を極め立派な壮年の政治家である。

原文には紫の上の住まう春の町を、

生《い》ける佛の御國《みくに》とおぼゆ

（この世の極楽浄土かと思われる）（「初音」の帖）

と描写されている。

紫の上、花散里、明石の君、都の公達のあこがれの女君が咲き競う六条院。が、いずれの女君も今までの物語で源氏との愛を語らう若き日々を通り過ぎ、それぞれの居場所に落ち着いた感じである。

六条院の広大な屋敷は、趣ある住まいであるが、源氏も女君達も若い溌剌《はつらつ》さにはすでに乏しく、激しい嫉妬や、怨念ももはや陰を潜めて穏やかな日々の六条院をうかがわせる。

人生の完成期、愛情の完結、少々退屈ながらも素晴らしい六条院の寝殿造り《しんでんづくり》の中での豪奢な生活に読者も身を置き、安泰の心地よさを感じている頃に「玉鬘《たまかずら》」の帖の幕が開く。

あれから幾歳月が経ったであろうか、十八年経ても源氏は可憐だった夕顔《ゆうがお》を忘れることはなかった、と唐突に始まる。

読者もすでに過去の終わった恋として忘れていた夕顔の名に驚く。「夕顔」の帖を思い返してみよう。十七歳の青年の無謀な恋。互いに名も告げずに、女を某院という荒れた別荘に連れこんだものの、真夜中に御息所と思われる物《もの》の怪《け》に取り憑かれて女は息絶えてしまう。女に仕えていた右近《うこん》から、女は源氏の親友でもありライバルの頭《とう》の中将《ちゅうじょう》の愛人、夕顔と知る。

二人の間には二歳になる女の子がいた。夕顔の怪死は源氏、右近、源氏の侍従惟光《じじゅうこれみつ》の三人のみで内密にされ、女の子の消息も途絶えたままであった。謎のような女君の素性が知れたところで夕顔はこっそりと埋葬されてしまい、悲しい哀れな幕切れで「夕顔」の帖が終わる。

あの謎めいた女君との恋の結末から十八年経って突然夕顔の娘が登場し、物語は俄然活気付く。中年の源氏と、取り巻く女君方の落ち着いた優美な六条院がにわかに、若い女君の訪れで久々に華やぎを感じさせる。

「玉鬘」の帖で衝撃の登場となる夕顔の娘玉鬘を当時の読者はどんなにか興味を持って期待し憧れ、楽しんだことだろう。

源氏に見出され、女君として成長していく様子は今風に言えば、シンデレラかマイフェアレディのようで宮中の女房達は物語の先が待ち遠しかったのだろうか、「玉鬘」の帖から「真木柱《まきばしら》」まで十帖もの長きに渡って玉鬘主役の物語が続き、この十帖を「玉鬘十帖」と括られることもある。

「玉鬘」の帖、夕顔の娘玉鬘の半生が語られていくところに戻ってみよう。

夕顔の娘玉鬘は、母が急に姿を消してから、母の死も知らぬまま困り果てた乳母一家と共に乳母の夫、大宰少弐《だざいのしょうに》赴任に伴って九州筑紫国《つくしのくに》に下って行った。少弐は病死し、その後一家は肥前《ひぜん》に移る。玉鬘の美しさは評判になり、求婚者が絶えないが、乳母は母親の夕顔が正妻ではないにしても頭の中将との間の姫君を田舎で結婚させるわけには行かないと、九州から小舟で逃げるように上京する。高級貴族の父と言っても訪ねて信用されるとも思えず、当てもない。あとは神仏にすがるより他にない。

霊験あらたかと評判の初瀬《はつせ》の観音詣でに玉鬘と乳母の一行で出かける。

そこに夕顔の侍女であった右近も、夕顔の死後、源氏の館でお勤めしつつ、時折夕顔の娘を思い出し、出逢えることを祈願しに初瀬詣でに訪れていたのだ。椿市《つばいち》の宿で右近と玉鬘の一行は劇的な再会を果たす。

右近から玉鬘の健在を聞いた源氏は、夕顔の悲惨な死への罪滅ぼしの気持ちに加え、若い姫君への関心、興味ですぐにも引き取ろうと準備をする。行方不明だった我が娘が見つかったということで世間体を繕い、花散里《はなちるさと》に面倒を見てもらうことにする。玉鬘はこうして六条院へ引き取られるが、京での貴人の姫君のような教養を身につける機会がなかったにも関わらず、健康的な美しさと賢さで源氏を危うい心持ちにさせて行くほどの魅力をもっている。が源氏もすでに中年、己が夢中になっての恋愛沙汰もさることながら、六条院にすばらしい若い姫君がいる、ということで公達、若い貴人を色めき立たせて呼び寄せたいという、中年らしい発想の実行に楽しみを見出している。

源氏の様々な演出に玉鬘も呼応するかのように、都の貴人の姫君らしい教養と美しさを磨き、「源氏の娘」「美しい姫君」と、若き公達の噂はたちまち広がり、源氏も得意顔である。

源氏の弟兵部卿宮《ひょうぶきょうのみや》、柏木《かしわぎ》、髭黒大将《ひげくろのたいしょう》などそうそうたる家柄の公達が熱心に恋文を贈ってくるのを源氏は開いてはおかしがっている悪趣味ぶりであるが、いつしか自分も玉鬘に魅かれ他人に渡すのが惜しく、琴を教えると言いつつ玉鬘の部屋で添い寝したりと、危ない。玉鬘はなんとか知恵をしぼり源氏の言い寄る風を逸らす賢さを持ち合わせており、源氏をも感心させているが、源氏の横恋慕には困惑気味でもある。

こうして玉鬘の求婚話と源氏の横恋慕、六条院の栄華が次々と語られていく。「蛍《ほたる》」の帖はその絶頂であろうか。場面を再現してみよう。

かねてより玉鬘を熱愛している弟の兵部卿宮を呼び寄せ、玉鬘の几帳《きちょう》に掛かる帷子《かたびら》の布を持ち上げるや源氏は集めて置いた蛍を放つ、瞬間玉鬘の横顔が鮮やかに、幻想的に浮かび、兵部卿宮はますます恋の虜になるという、源氏のいたずらにうまくはまった感じ。

ユーモアもあり、美的センスありの名場面も、玉鬘には自分の立ち位置の難しさに悩むところでもある。

このシーンは、物語を読むだけでも充分に絵画的であるが、江戸時代の土佐派《とさは》の『源氏物語絵巻』にも描かれている名場面である。

時の帝、冷泉帝《れいぜいてい》の行幸を見物した玉鬘は帝の若くて立派な姿に目を奪われる。帝からも尚侍《ないしのかみ》としての入内を望まれ、源氏は他の男君との結婚よりも尚侍としての入内ならばと玉鬘に宮仕えを勧める。

冷泉帝には源氏の推した御息所の娘の秋好中宮、玉鬘の実父内大臣（頭の中将）の娘、弘徽殿女御が入内している。

尚侍は官職といえども帝の寵愛を受ける可能性もある。

玉鬘の悩みは、冷泉帝の寵愛を受ければ、秋好中宮にも弘徽殿女御にも不快な気持ちを持たれてしまいかねない。かといって自分の娘ではないと実父内大臣を招いて裳着《もぎ》の式を執り行ってからは、懸想を隠そうとせず堂々と言い寄る源氏の対処に困るが、恥をかかせてしまうようなことは慎まねば、と玉鬘は幼い時からの苦労人らしく、周囲の人々のことを考え、いずれにも答えが出しにくく悩む（「藤袴《ふじばかま》」の帖）。

さて、九帖もの長きに渡って、玉鬘のシンデレラ物語が続き、この姫君は源氏と結ばれる？それとも冷泉帝と？やはり兵部卿宮かしら？と当時の女房たちも毎回物語が読まれる度にみなそれぞれ自分の好みを互いに語りあって楽しんだのではないか。そして周囲に気を遣う玉鬘に羨望だけではなく、同情や肩入れをしたであろう。今でも若い女性に愛され人気の高い女君である。いつ誰と結婚するのかとわくわくし、気を遣う玉鬘の行く末を見守っていた読者は、玉鬘主役の十帖目「真木柱《まきばしら》」の帖を開くなり、ミステリアスな書き出しに胸を衝かれ何が起こったのか思いが及ばなかったのではないか。

「真木柱」の衝撃的な出だしを原文で。

「内裏《うち》に、聞《き》こしめさむことも、かしこし。しばし、人に、あまねく漏《も》らさじ」

（「帝のお耳に入ったら、本当に怖れ多い。しばらくは世間には広く漏らしてはいけない」）

と、源氏が髭黒大将を厳しく叱咤している場面で始まる。

読み進む内に、女房の弁のおもとの手引きによって髭黒大将と玉鬘が結ばれたことが既成事実として語られていく。

宮中に尚侍として出仕させようと思った目論見が砕かれた源氏の失望が伝わる。玉鬘は求婚者の中では最も容姿も人柄も敬遠していた相手なのに、強引さに陥れられてしまった思わぬ自分の不運を嘆く。

が、源氏は現実を受け入れ玉鬘の後見役として、髭黒大将を婿に迎える儀式を立派に執り行う。髭黒大将の妹承香殿女御《じょうぎゃうでんのにょうご》は東宮の母君であり、家柄に不足はないとここは現実を受け入れて、源氏は政治的な判断で納得したのだろう。玉鬘は改装なった髭黒大将の館に移り、その年の十一月には男児を出産し、髭黒大将の妻として居場所を安定させていく。

元は愛人夕顔の子とは言え、頭の中将の姫君であったのに、母親の夕顔が早世し、乳母一家と九州に下り二十歳になっての再上京、初瀬の観音様の御利生によって源氏の庇護のもと厚遇を受け、帝、公達の求婚者も多く、六条院を賑わせた玉鬘物語が大団円を告げる。

三年ほどが過ぎ、源氏も四十歳。玉鬘は誰よりも早く、新年の初子《はつね》の日《ひ》、若菜《わかな》を献じ、賀宴を主催する。年子で生まれた幼い男児二人にも盛装させて、貫禄すら感じさせる女盛りの玉鬘は幸せな家庭を築いていて、立派な賀宴の主催のバックには髭黒大将の経済力をも感じさせ、玉鬘の成功譚を見る思いである（「若菜上《わかな》」の帖）。

「若菜下」の帖には、髭黒大将は右大臣に昇進、源氏も昔の恋慕の想いは忘れたようで、玉鬘も六条院にしばしば出向き、紫の上とも親しいお付き合いの様子が語られている。中年に向かって上手に上流貴族夫人の生活を満喫している様子。源氏も本文で、

「玉鬘の君は幼少時に流浪して苦労したが才気走って賢く気が付き、私も恋心が起きなかったわけではないが、角を立てずにさりげなく受け流した。髭黒右大臣が分別のない女房によって忍び込まれた時も、あとの処し方が才智に優れて見事であった」

と、玉鬘の現在の幸福は本人の知恵と気の配り方、身の処し方にある、と絶賛している。

「若菜上」「若菜下」は源氏が今までの輝く美しい青年時代からいよいよ中年期、さらに初老といった時代に入り、女三の宮の降嫁、紫の上の病、冷泉帝の退位、柏木と女三の宮の密通とどれも重いが、読者にはたまらなく次が待たれる期待と不安に満ちた場面が展開されていく。

その中で玉鬘の幸せがひときわ目立つ。かつて源氏が贈った衣装が山吹色であったこと

が暗示のように今、幸せな髭黒右大臣家は、まばゆい金色の光で包まれている。

ほぼ十年が過ぎ、『源氏物語』も進み、源氏は、「幻《まぼろし》」の帖を最後に姿を消し、「雲隠《くもがくれ》」の帖は帖の名のみで本文はない。

このあと源氏は出家し、二、三年後に亡くなったものとされている。

その後、次世代に移り、「宇治十帖《うじじゅうじょう》」で、新たな世界が繰り広げられて行く。

今までの源氏を主人公に展開されてきた「雲隠」の帖までと、子や孫が主軸となる「宇治十帖」との間に「匂宮《におうのみや》」「紅梅《こうばい》」「竹河《たけかわ》」の三帖が挟まれたように置かれている。

「幻」から「匂宮」の間はほぼ八年が経ち、その間に源氏は出家し、薨去《こうきょ》していることになる。「宇治十帖」に移るに至って人間関係の様変わり、世間の移り変わりを説明するような意味合いが三帖に語られている。物語の主要な部分でもない。源氏と女君を争ったり、政治的にライバルだったりしたかつてのヒーロー、ヒロインの子や孫たちの近況報告のような形で、読者にはそれなりに面白い。

が、「竹河《たけかわ》」の帖を開いて、愕然となる。

あの若きシンデレラ物語のヒロイン玉鬘が登場しているのだ。

「若菜下」の帖で源氏の四十の賀に幼い二人の男児を連れていたが、さらに姫君二人、男君一人に恵まれていることを読者は知る。

玉鬘の夫髭黒大将は太政大臣まで上り詰めたもののすでに逝去。しかし資産はあり、一家は生活に困るようなことはない様子。

男君たちはそれぞれ今上帝《きんじょうてい》に仕え、二人の姫君は美しく、ことに大君《おおいぎみ》は評判で、帝、冷泉院、夕霧《ゆうぎり》（源氏の息子）の次男蔵人少将《くろうどのしょうしょう》から望まれている。

夕霧からも、夕霧の妻の雲居《くもい》の雁《かり》からも息子の蔵人少将の求婚の思いを告げられるも玉鬘はとり合わない。

冷泉院はまだ冷泉帝のころ玉鬘を尚侍に望み、参内したものの髭黒大将と結婚、出産し冷泉帝の望みに応えられなかった。

そのことを思い出した玉鬘は、大君を冷泉院へ差し上げてしまう。

冷泉院はすでに五十代か。秋好中宮、弘徽殿女御も同年配、院となって静かに老後を送っていた冷泉院に突然二十代の若き姫君が送り込まれ、女児を出産。さらに数年後男児を。

冷泉院の喜びに反して、中宮、女御など院をとりまく女君の反感は半端ではない。

同じ年頃であれば勝負のしようもあろうが、中宮にしても女御にしても当時はすでに老境に近い。玉鬘のやり方はあまりに酷な仕儀であった。

冷泉院の女君方の嫉妬に気苦労が絶えず、大君は里下がりすることが多くなる。

大君を熱望していた今上帝は冷泉院に差しだされたことにご立腹で、不満を周囲に漏らしている。

息子たちにも今回の仕儀の不手際を責められる玉鬘は、出世の遅い息子たちのことにも頭が痛い。

髭黒太政大臣が生きていればこんなに悩んだり、人から軽んじられないものをと悲しむ。と、この「竹河」の帖は玉鬘の一家のその後が事細かに語られている。

傍目から見れば、夫の髭黒太政大臣は亡くなっているものの三男二女に恵まれ、あちこちから所望される美しい姫君方に、遅い出世と嘆いているものの世間に恥じることはない成人した息子達。

夫亡き後の髭黒太政大臣一家に栄光を取り戻し世間を見返したいのか、玉鬘が子供達のことで奮闘している様子が窺われる。

が、あの女君に対する審美眼に優れた源氏をして、よく気が付き、才智のある女性とことあるごとに褒められていたあの玉鬘が中年になって何故こんなにも周りから疎んじられるようになってしまったのかと驚く。

幸せは限りなく追い求めてしまうのか、満足の境がないのかと、玉鬘の姿をみて情けなく思い、若い玉鬘を応援していた読者は悲しく思ったのではないだろうか。

物語は、中年の玉鬘の醜態をさらに追う。

こうした悩みをなんと源氏の息子、実は柏木と女三の宮との間の息子であるが、いまや超一級の貴人である薫君《かおるぎみ》に愚痴るシーンがある。

薫君はまだ二十歳前後で、立ち寄った彼に自分の撒いた種であるのに宮中での娘大君の身の置き所のない立場をくどくどと愚痴った末に、院や中宮、女御にとりなしてほしいと懇願する。

困惑したであろう薫君は、昔から宮仕えは難しいもの。妃、女御もみな負けまいと思うからいざこざは付きもの。それを承知で宮仕えされたのでしょう。そのように思いつめずに穏便に。男の私が奏上することもないでしょう。

と、二十歳の若者に体よくいなされる始末である。

あの聡明な若き日の玉鬘はいずこへ。

源氏亡き後、子や孫が主人公となって展開していく「宇治十帖」への説明的な橋渡しにしては実に克明に語られた玉鬘の中年から初老の生活。終活への道のりはかなり厳しい。

作者の紫式部の回りの女房達の若く美しい時代の美徳が、年齢が刻まれるとともに豊かな心持ちを醸し出す女性ばかりではなく、驚くほどにどん欲になり、愚痴っぽくなる見苦しい年の重ね方をする女性もいたのだろう。

この「竹河」の帖は一千年前とは思えないほど身近にも感じられ、女性の年の重ね方の一つの警鐘と受け止め、自戒の念を込めて考えさせられる帖である。

九　朧月夜《おぼろづきよ》がみせる恋と人生の鮮やかな結末、あっぱれな終活

二十歳になった光源氏《ひかるげんじ》は、父桐壺帝《きりつぼてい》の中宮藤壺《ちゅうぐうふじつぼ》への思いが増すばかりであるが、再び逢うことは叶わず、苦悩の日々を過ごしている。そんな気持ちの春、二月二十日頃宮中の桜の花の宴で源氏の詩作は評判もよく、「春鶯囀《しゅんおうでん》」の舞も見事と称えられ、源氏は夜の宴の後も高揚した心地よい気分である。ほろ酔いも加わって、帰りに藤壺の部屋のあたりが、もしや鍵が開いていないかとうろつくが、もちろん藤壺の部屋が軽々しく開いている筈もない。帰りかけると弘徽殿女御《こきでんのにょうご》の部屋の、とある廊下の方から、

「朧月夜《おぼろづきよ》に似るものぞなき」と古歌を美声で口ずさみつつ女が来るではないか。

「入る月のおぼろげならぬ契りとぞ思ふ」

と源氏は、すぐに上の句を詠み返す。

西に傾く朧月夜の朧に懸けておぼろげならぬとは、ひとかたならぬ契り、との求愛の歌ですばやく女の気持ちを引き寄せるとはいつもの源氏らしい戯れである。

女の袖をとらえると、驚く女に、

「私は何をしても許されている身ですから」と悪びれない。その声に女は源氏と知るや、当代きっての貴公子につまらない女と思われたくない、と女の方もすでに恋愛モードに。官能の一夜もすぐに春の早い夜明けの訪れに。互いに名乗る暇もなく、逢瀬の証に扇を交換して別れる。

春の花の宴は二月の桜の花の宴に続き、三月には藤の宴が催される。

右大臣邸での藤の花の宴に源氏はお招きを受ける。交わした扇をたよりに再び逢瀬を重ねた源氏は朧月夜の女が弘徽殿女御の腹違いの妹、六の宮の姫君と知る。

しかも自分の兄である東宮《とうぐう》（後の朱雀帝《すざくてい》）に入内《じゅだい》が予定されている姫君である。シェークスピアの「ロミオとジュリエット」のように許されぬ恋に二人は落ちてしまったのだ。

兄を裏切ったとわかっても朧月夜の姫君との甘美な恋愛は楽しい。朧月夜も東宮よりも源氏との華麗な関係に積極的にのめり込んでくる。

平安時代には稀な、自分の恋心に正直な官能的な姫君である。物語の女君の中で、現代の女性の読者にとても人気が高いのもこうした恋愛を第一に思う近代的な女心が好かれるのだろう。

二人の危険な逢瀬は醜聞となり、東宮への入内は叶わぬことになるが、東宮のたっての望みで妃の地位ではなく尚侍《ないしのかみ》となって参内し、美貌と明るい性格は東宮から朱雀帝となってもなお寵愛を受ける。

宿下がりの折りには源氏を呼び出して逢瀬を楽しむ。朱雀帝はかねてから源氏の魅力に自分はかなわないと弱気でもあり、二人の関係を感じつつも責めることは無かったが、宿下がりの密会を右大臣につかまれ、弘徽殿女御の逆鱗に触れる事件に発展する。

帝の寵愛している女性でも朧月夜は尚侍である。尚侍は内侍司《つかさ》の長官という役職であるが、帝の愛を受け入れる女性もいる。が、女御ではない。ということで、男女の間のことで大きな問題にはならないと源氏は思っていたのであろうが、弘徽殿女御はかねてより憎々しく思っていた源氏を追い落とす絶好のチャンスと捉え、話を大仰にし、帝に寵愛されている朧月夜と密会することは、帝に謀反《むほん》を企てている、とする。はじめは軽く考えていた源氏も、帝に謀反となったら、菅原道真《すがわらのみちざね》のように遠くに流され再び都に帰ることが叶わなくなってしまう、と慌てる。そうならない内に男女関係で謹慎するという形で須磨に自発的に逃れようと決心する。

朧月夜には女御ではない、ということが幸いして半年の蟄居《ちっきょ》で、彼女は半年後には朱雀帝の元へ。その奔放とも思える彼女は、源氏との密会が見つかってしまった折りに、原文には、

いと盛《さか》りに、賑《にぎは》はしきけはひし給へる人
（女盛りで、陽気で華やかな人）（「賢木《さかき》」の帖）

とあり、二人の貴人をとりこにする若さ、セクシーな美しさ、明るさに恵まれていたのだ。

三年後、朱雀帝の許しで須磨明石から源氏が帰京してからも、また懲りずに朧月夜は源氏と関係を復活させ時折りの逢瀬を楽しむ。

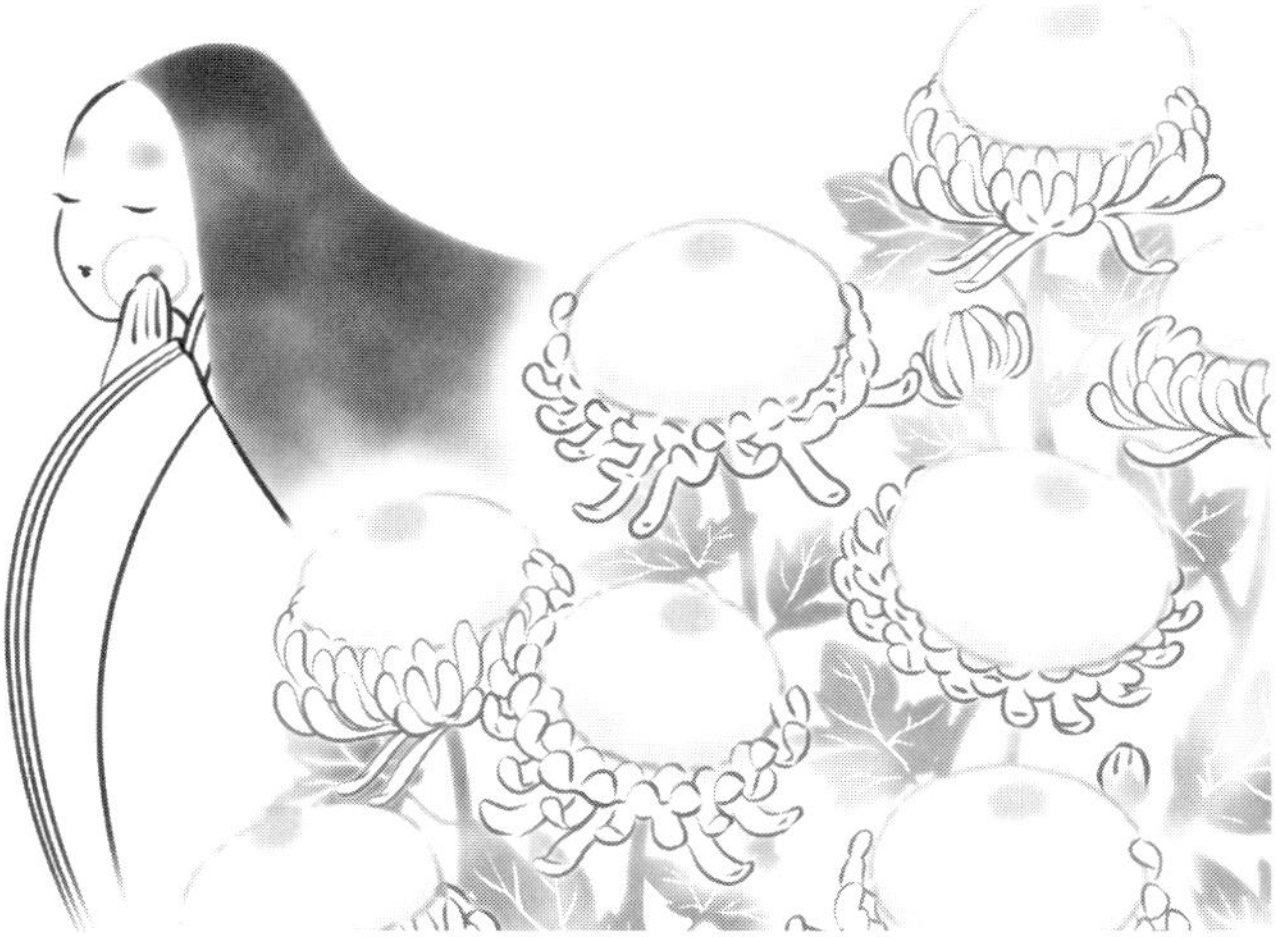
菊の花に綿を被せた「菊《きく》の着綿《きせわた》」は露を含み、平安のパック

朱雀帝の誠実な愛を感じつつも源氏との危険で官能的な愛を楽しむこの関係は朧月夜の四十代まで、二十七年間もの長いあいだ続く。

源氏四十七歳、隆々たる中年政治家の彼に人生の大きな老いを思い知らされる姦通事件が起きる。源氏の若き正妻女三《おんなさん》の宮《みや》にかねてから一途に恋慕していた柏木《かしわぎ》が、思いを遂げる。柏木は、源氏の親友でライバルでもある頭の中将の長男であり、源氏の長男夕霧の親友でもある。この事件は、源氏本人にも読者にも、あの何事にも素晴らしく、非の打ちどころのない彼にも「老い」

はあったのだ、と思い知らされる事件であった。

この頃、最愛の妻紫の上が病に倒れ、源氏は加持祈祷《かじきとう》を頼む。その物の怪の正体はやはりすでに亡くなって久しい六条御息所《ろくじょうのみやすどころ》と知り、女の執着の深さに嫌悪の情すら覚える。「若菜下《わかな》」の帖は、輝かしい栄華と恋物語に彩られていた源氏の周りにいつの間にか陰りが漂う。彼の不安げないらだちが、これから物語も源氏もどうなるのだろうと、読者も陰りの色の中に巻き込まれそうである。

そんな気持ちの時、長年の恋人、朧月夜が出家したことを源氏は聞き、悲しく名残を惜しむ。出家をほのめかすようなことも聞かされていなかったのに、と唐突ぶりに不満気である。

あまの世をよそに聞《き》かめや須磨《すま》の浦に藻塩《もしほ》たれしも誰《たれ》ならなくに

(尼になられたとは人ごとではない、須磨の浦で海人のように侘びしい日々をすごしていたのは誰のせいでもない、あなたのせいではなかったのでしょうか)(「若菜下」の帖)

と詠み、毎日の御回向《ごえこう》の中では第一に私を祈って下さることでしょう、と未練と未だに愛されている自信のある文を朧月夜に送る。朧月夜からは、これが最後の手紙と思って下さい、と返歌が来る。

あま舟にいかがは思《おも》ひおくれけん明石《あかし》の浦にいさりせし君《きみ》

(私は出家し尼になったのに、なぜあなたは出家に乗り遅れたのでしょう。明石の浦で魚を捕る海人(尼)のような暮らしをなさったあなたが)(「若菜下」の帖)

さらに朧月夜は、一切衆生《いっさいしゅじょう》の回向ですから、その中の一人としてお祈りしましょう。このきっぱりと別れを告げる手紙に源氏はひどく驚き、紫の上に文を見せるほどのうろたえぶり。三十年近くも逢瀬を重ね、四季折々の情趣にも通じ合い、離れていてもわかり合える近しい間柄と信じていたのに、と嘆きは大きい。

たしかに、なぜ急に朧月夜が冷たくなったのか、と訝る読者もいたかもしれない。

源氏を愛し、朱雀帝に愛され、危ない逢瀬を重ねて魅力を充分に発揮し楽しんだ人生に、四十半ばに何故、今出家をするのだろうか。しかも苦境に陥ってもがいている源氏を見捨てるように。

朧月夜は本当は源氏の女だけで生涯を終えたかったのではないか。しかし、彼女の父右大臣が源氏に結婚を打診した折り、美しく、華やかで、恋人には楽しいが、正妻には軽すぎると断っている。その意趣返し、と見る向きもある。またあまりに長い腐れ縁の清算とも思える。

朧月夜にとって源氏は生涯最高の恋の相手であった。ともに年を取って、源氏の方は、いままでの苦楽を忌憚なく話し合えると思っていたようだが、朧月夜は年取ってのよもやま話や、昔話のお相手などはお断り、だったのだろうか。

妻なら共白髪で昔語りも絵になる。しかし源氏とはあくまで危険で楽しい恋人同士のままで幕引きをしたかったのではないか。少々軽い感じで、若い時から無鉄砲で、親不孝でも美人だからもてて、身勝手と思える彼女の、物語での登場の最後にこうした決断が来るとは、意外で、ちょっと痛快でさえある。

源氏は落胆しながらも、彼女に青鈍色《あおにびいろ》の尼の法衣を仕立てさせたり、尼の調度類、几帳などを用意している。

源氏には予想外のダメージを与えたけれど、朧月夜という女性の一千年も前の、華麗な恋と人生に自ら見事に始末を付けた終活はあっぱれですばらしい。

十

紫《むらさき》の上《うえ》は愛する光源氏と「共白髪《ともしらが》」の老後を過ごせなかった無念さが哀れ

光源氏十八歳の春。正妻葵《あおい》の上《うえ》とは気持ちが通わない。想いを遂げた藤壺《ふじつぼ》は父帝の女御なので情熱のみが空回りをして、逢瀬は難しい。若き公達《きんだち》の憧れの的の先の皇太子の未亡人六条御息所《ろくじょうのみやすどころ》を射止めて自慢でもあるが、美貌、教養、品位すべてに優れ、七歳上でもあり、しばしば逢うには息苦しく疲れる。中流貴族の空蝉《うつせみ》、夕顔《ゆうがお》などとの恋もそれ以上に発展するわけでもない。心の中では藤壺への想いが抑え切れないが、近くにすら寄ることも出来ない。

華麗なる恋の勝利者のような世間の噂とは裏腹に、こんな悶々としている頃に瘧病《わらわやみ》（熱病）を発症し北山で加持祈祷《かじきとう》を受けて静養することになる。散歩の途中、可愛い美少女を垣根越しに見かける。大人になったらさぞ美しくなるだろうと覗き見していると、藤壺女御に生き写しではないか。

「若紫《わかむらさき》」の帖にはじめて登場した若紫（のちの紫の上）はまだ十歳ながらこれからの『源氏物語』のヒロインに相応しい印象的な登場である。

すでに女性として完成されている女君の間で背伸びしている源氏は、この美少女に癒される思いだったのだろう。

すぐに、若紫は藤壺の兄兵部卿宮《ひょうぶきょうのみや》の、正妻ではない女の子供と知る。

源氏は亡き母桐壺更衣《きりつぼのこうい》に似ている藤壺に恋慕し、藤壺に似ている若紫を我が手元で育てたいと願う。こうした血縁、相似したものに身代わりの愛情を注ぐ形代《かたしろ》の気持ちは『源氏物語』の一つの芯でもある。

若紫の亡き母の祖母の尼が亡くなった機会を捉え、若紫を源氏は二条院の自邸に引き取ってしまう。

藤壺が理想の女性像である源氏は若紫を自分好みの女に仕立てようと教育していく。若紫も源氏を慕い、もともと利発でもあり、藤壺似の美貌、優しさで源氏の期待以上の女君に育っていく。

源氏の正妻葵の上に子供が生まれたが、産後の肥立ちが悪く、(実は、六条御息所の妄執の果ての生き霊に取り憑かれたのであるが、)亡くなってしまう。

その喪の明けた頃、源氏は若紫と新枕《にいまくら》を交わす。平安時代の結婚は女の実家に婿が通い、婿の一切の面倒を嫁側が持つしきたりである。源氏にしても、正妻葵の上の実家左大臣邸に通い、源氏の衣装などは季節に合わせて左大臣側が面倒を見ている。

若紫の父兵部卿宮は先帝の皇子で、藤壺の兄であるが、正妻に拒まれて若紫を引き取れなかった。それ故祖母も亡くなった若紫には実家がない。

源氏の正妻葵の上が亡くなって正妻の地位が空いても、実家のない衣食住すべてにおいて源氏に面倒を見てもらっている若紫の立場では、血筋は藤壺に繋がっていても源氏の正妻にはなれないのである。

が、「三日夜餅《みかよのもち》」なる結婚のしきたりは行い、正式の妻であることは女房たちに認知させている。この時を境に若紫は正式の妻として紫の上と呼ばれることになる。

しかし大々的にお披露目もなく、あくまで内縁の妻である。

この時の彼女にはまだ正妻ではないことに実感はない。

さて正妻葵の上が亡くなった翌年に源氏の父桐壺帝が亡くなると、にわかに桐壺帝の弘《こ》徽殿女御《きでんのにょうご》、右大臣側が勢いを増し、藤壺中宮、源氏、左大臣側の勢いに陰りが見え始める。弘徽殿女御の妹で、朱雀帝の寵愛を受けている朧月夜《おぼろづきよ》と源氏とは、昔からの恋愛関係を続けている。

その危険な関係が右大臣に見つかってしまったことが、源氏追い落としのきっかけとなる。弘徽殿女御側は帝に謀反の疑惑ありと喧伝しそうな気配。謀反となれば、菅原道真《すがわらのみちざね》のように遠島に流離となり、一生都には戻れない。しかし男女の問題であれば、謹慎で済む。ほとぼりの冷めた頃帰京がかなうだろうと考え、源氏は自らの意志で都から須磨へ退去する。

この時源氏二十六歳、紫の上は十八歳位か。二条院の女主として、源氏とは互いに信頼しあい、周囲からもほぼ正妻の扱いを受けている。

とはいえ、後ろ盾のない紫の上の身を案じ、京を離れている間の万が一のことも考え、源氏は荘園や牧場など資産の証書を彼女の名義にしていく。

以下は、須磨《すま》への出立を前に詠み交わした二人の歌である。

いける世《よ》のわかれを知《し》らでちぎりつつ命《いのち》を人にかぎりけるかな

（生きている間に別れがあるとも知らず命のある限り別れまいとの約束をしていたのに）

と詠う源氏に、紫の上は、

惜しからぬ命にかへて目の前の別れをしばしとどめてしがな

（惜しくない私の命と引き換えに目の前のあなたとの別れを少しでも引き留めさせて）（「須磨」の帖）

と涙ぐむ。

須磨からの源氏の手紙は和歌だけではなく、風景を写生した達者な絵手紙も送られ、紫の上もまた、都の様子をこまごまと書き送って互いに寂しくも慰め合い、心が通い合っている。須磨の一年が過ぎると、源氏は明石《あかし》の入道《にゅうどう》に導かれ、明石に移って行く。明石の入道は都人だったこともあり、自分の娘を源氏に見染めてもらう絶好の機会と捉え、別荘で丁重にもてなし、娘の明石の君と会わせる機会を画策する。

明石の君は琴の名手で、都の上流貴族に遜色ないほどの教養を身につけている。すらりとしたそのたたずまいは、ふと六条御息所を思わせるほどの美女である。源氏の寂しく彩りの欠けていた都から退去の日々に明石の入道の画策とはいえ、思いもかけず明石の君と結ばれることに。

一方で源氏は二条院でけなげに自分だけを待っている紫の上を思うと心苦しい。せめて打ち明けることが誠意とでも言うように紫の上に綿々と手紙を書き和歌を詠む。

しほしほとまづぞ泣《な》かるるかりそめの見るめは海士《あま》のすさびなれども

（あなたを思い出してしょぼしょぼと泣いています。かりそめの他の女と逢ったのは海士（私）の戯れなのですよ）

堂々と浮気の告白をする手紙に、紫の上は、

うらなくも思《おも》ひけるかな契りしを松《まつ》より浪は越《こ》えじ物ぞと

(何の疑いもなくあなたの心を信じて待っていました。再会をお約束したのによもや浮気心を持つなどとは)(「明石」の帖)

この明石の女君との出来ごとが、紫の上が源氏に裏切られたと大きく失望したことを源氏はあまり深くは感じていないようだ。

私は何をしても許される、と過信していたことが朧月夜の一件で都を離れて謹慎の身となったのに、さらに自分は源氏を信じて京の都で寂しさに耐えしのんでいるのに、と紫の上は呆れてがっかりしたことだろう。

やがて帝より謹慎が解かれ、源氏は都に復帰。政治家として以前よりもたくましく、大きくなって、政事の中核を担っていく。

そんな時、明石の君に姫君誕生の知らせが源氏の元に届く。

他から耳に入るよりは、と自ら紫の上に告げる。源氏は自分の娘を明石ではなく京で育てたいと思い明石の君と姫君、明石の君の母親を京に呼び寄せようと強く願う。母親の出自が中流貴族で臣下に下された己を思うと、中流貴族の明石の君の元で育てたのでは、姫君の将来が案じられる。そこで姫君を紫の上に預けて養育しようと考える。源氏はこの姫君を入内させ未来の中宮への望みを抱いているのだろう。

明石の君の母親の情を思う以上に己の出世に思いを巡らす政治家としての源氏が強く描かれている。

姫君を手放すことをなかなか承服しにくい明石の君の悲嘆が、嵯峨野《さがの》の大堰川《おおいがわ》の冬の雪景色に染み入るようで、「薄雲《うすぐも》」の帖は読者の涙を誘う美しい場面が綴られている。

と同時に平安時代の上流貴族と中流貴族の格差の違いの厳しさが感じられる。

紫の上にしてみれば、ライバル明石の君の子供である。が、子供のない彼女には天から授かったのかと思うほどにかわいい姫君で、はじめの懸念は払拭され大層な可愛がりようで大切に養育する。

こんなに可愛い盛りの姫君を手放さなければならなかった明石の君に、同情と近しさを覚え、嫉妬の感情は徐々に薄れて行く。

姫君が東宮に入内するまでの紫の上は、実母のような母性愛に満たされ源氏の愛情を一身に受けて、互いに信頼し合い充実した生活を送っている。紫の上の一生の中でこの時代が最も楽しく美しい時期であり、心豊かな中年期と言える。

紫の上は己の気質、生まれながらに恵れた才能に加え、源氏の熱心な養育が開花し、源氏も認めているように、自分のことよりもまず他人のことを考えて気配りするという、すばらしい伴侶ぶりである。

手塩に懸けて育てた明石の姫君の東宮への入内、源氏の長男夕霧の結婚、源氏の四十の賀に冷泉帝と朱雀院の六条院への行幸と、源氏の栄華極まれりの感。いつも源氏の後ろには紫の上の姿があり、源氏も彼女も六条院すべてに欠けるものは何もないと皆が思うほどに輝いている。

これが「藤裏葉《ふじのうらは》」の帖。

『源氏物語』を三部に分けると、この「藤裏葉」までが第一部と考えられている。

ここまででめでたし、めでたしとして、お終いとされたこともあるとか。

源氏の中年期の終わり、紫の上との美しい愛情物語としても、ここでお終いになる方がたしかに幸せ一杯で読者の気持ちも豊かに満たされ、楽しい。

その頃の物語や、絵巻のお話などはいわゆるハッピーエンドが多いようだ。

しかし、作者の紫式部は、この後の二人の生活を筆を緩めることなく追い続けて行く。朱雀院は行幸のあと出家を願うが、末の愛娘女三の宮《おんなさんのみや》の将来を案じ、宮を託せる婿を探すが、若い公達では何かと不足に感じ将来が気がかりと、源氏を婿に選び女三の宮を託したいと願う。

源氏四十歳、女三の宮十三歳の結婚。むろん始めは辞退したものの、葵の上の死去以来正妻を置かなかった源氏。准太上天皇《じゅんだいじょうてんのう》に昇り皇族と同列の地位にある現在、なにかと正妻のいないことは不自然でもある。朱雀院のお申し出のお断りは不敬でもあるなどと理由づけをしている。

なによりも源氏の心が動かされたのは女三の宮がかの藤壺中宮の姪であり、藤壺に繋がる形代ということが、源氏の理性を失わせ、正妻として女三の宮を迎えることを承諾してしまう。

四十の賀、今でいえば還暦のころか、朱雀院の若き姫君を正妻に迎え、周囲からは絶頂期の続きと見られ、本人も有頂天の気味無きにしもあらず、と言ったところかもしれない。しっかりとした理性を保てなくなる、時として危なっかしいと回りが思ってもブレーキの効かなくなるのが「老い」の始まりかもしれない。

源氏の有頂天の一方で、これからはゆったりとした落ち着いた生活を期待していた紫の上にとってはこの結婚は最大の打撃となる。

周囲からも事実上の正妻と認められ、二条院の女主として源氏との愛情生活も順調。しかし思い返してみれば十歳の時看てくれる親も後見人もなく、源氏に抱えられるようにして連れてこられて衣食住すべての面倒を見てもらっている。正妻のようではあっても披露されもせずあくまでも内縁の妻であったのだ。紫の上はこの時、どこかでいままで怯えていた正妻ではないという立場が目の前に突きつけられたことに驚愕を覚える。

皇女である女三の宮とはあまりに身分の差があり源氏の立場も思えば、嫉妬を表に出すわけにもいかない。周囲にさりげなく振る舞えば振る舞うほど内省的になり苦しむ紫の上。

「若菜上《わかな》」の帖は、女三の宮の降嫁という思いもかけない出来ごとから、源氏の老い、紫の上の苦しみ、と二人の関係に微妙なすれ違いが生じてくる心理描写がすばらしい。

有頂天の極みにいた源氏であったが、藤壺、紫の上との血縁に期待したものの、朱雀院に甘やかされて育てられた皇女の女三の宮はあまりに幼く、己の撒いた種とはいえ女三の宮との新生活には初めから失望する。

源氏の女性の好みを思い返してみると、父桐壺帝の若き中宮藤壺を慕い、七歳年上の六条御息所に憧れて近付き、紫の上の利発さを愛し、と美しさに加えて大人の女の教養をも持ち合わせる女君が好みである。

女三の宮のあまりの幼さに後悔するが、時すでに遅しであった。

一方、矜持を保とうとすればするほど傷つき、虚無感に襲われ救いようのない思いの紫の上。

目《め》にちかくうつればかはる世の中をゆく末《すえ》とほく頼《たの》みけるかな

（目の前で変わっていくあなたとも思わずに私は末永くずっと、と信頼していたのに）

源氏の返し歌は、

命《いのち》こそたゆとも絶《た》えめさだめなき世の常《つね》ならぬなかの契《ちぎ》りを

（命は限りがあるもの、でも無常なこの世と違って私たち二人の間の契りは、絶えることはない）（「若菜上」の帖）

源氏が誰よりも紫の上に愛情を注ぎ大切にしているのがそこかしこに感じられ、紫の上もわかってはいても底知れぬ虚無感を感じているのだ。

次第に源氏との間の距離が広がって行く。紫の上にとって源氏がすべてであった。女性関係や須磨への退去など度重なる苦悩も切り抜けてきたのは、やはり二人の信頼関係と若さゆえだったのか。

源氏も老い、紫の上も若くはない。

築き上げてきた愛情が一気に崩れ落ちて行く。紫の上はいつしか心と体がむしばまれ病がちになっていく。若い時には跳ね返せた耐えがたい屈辱感は老い始めた身には辛い。

それでも可愛がって養育した明石の姫君が男児（後の匂宮《におうのみや》）を出産したので、里帰りした姫君と赤子に会えば重い気持ちが紛らわせて楽しい。

紫の上にとって、唯一心が癒されるのは姫君と話している時であった。

『源氏物語』の中で一人の女君の病と闘う姿を、作者紫式部が克明に描き切っているのは紫の上だけである。

源氏は自分よりも十歳ほども若い紫の上が病に倒れるとは、思ってもみなかったことで、驚き慌てながらもあれこれ気遣い、看病する。

現在では平均寿命が男性約八十歳、女性約八十六歳である。戦前では男性約四十二歳、女性約四十四歳。平安時代の平均寿命は帝で三十七、八歳、后妃は五十二歳くらいだったとか。平安時代でもやはり女性の方が長生きで、夫を最期まで看取ることが多かったと察せられる。

病に倒れた紫の上、看病に回った源氏、折々の様子を順を追って、原文を見てみたい。

千年前の夫婦の老いていく有様に夫の心、妻の心が細やかに描かれていて、物語の貴族の生活とは言え、今の時代でも胸に染み入る思いである。

源氏は紫の上を、栄華の極みでもある六条院から、幼い頃から過ごした思い出の深い二条院へ移し、静かな環境での養生をと気遣う。

源氏が六条院へ渡っていた時に紫の上が息絶えたとの知らせを受け、この時の源氏の動揺ぶりは、

ただ、「いま一度《ひとたび》、目《め》を見合《あ》はせ給へ、いと、あへなく、限《かぎ》りなりつらんほどをだに、え見《み》ずなりにける事の、くやしく悲《かな》しきを」と、おぼし惑《まど》へるさま

（もう一度、私と目だけでも合わせて下さい。あまりにあっけなくてご臨終に逢えなかったことが悔やまれて、と嘆いていらっしゃるお姿）（「若菜下」の帖）

この時は、六条御息所の物の怪が憑《と》りついていたことで、僧侶たちの調伏《ちょうぶく》により、紫の上は快復する。この折りよりも前に紫の上はすでに心身の不調に気付いている。

朱雀院の五十の賀宴に披露したいと、源氏は女三の宮、紫の上、明石の君、明石の姫君

の四人での女楽を催す。

その宴の後、心身の過労を源氏に訴える。

「まめやかに、いと、行《ゆく》くさき少《すく》なき心《ここ》ちするを。今年《ことし》も、かく、知《し》らず顔《がほ》にてすぐすは、いと、うしろめたくこそ。さきざきも聞《きこ》ゆる事、いかで、御許《ゆる》しあらば」ときこえ給ふ

(「とても先が短い気がしますので厄年《やくどし》の今年もこうして過ごしていることが気がかりなのです。前にも申し上げた出家の件、お許し下さいませ」とおっしゃる)

「それはしも、あるまじきことになん。さて、かけ離《はな》れ給ひなん世に、のこりては、何《なに》のかひかあらん。ただかく、何となくてすぐる年月なれど、明《あ》け暮《く》れの隔《へだ》てなき嬉《うれ》しさのみこそ、ますことなくおぼゆれ。なほ、思ふさま殊《こと》なる心のほどを、見果《みは》て給《たま》へ」

(「出家などと、あってはならないこと。この世に残された私はひとりで何を生きがいにするのでしょう。平凡に過ぎていく毎日の明け暮れのようでも、あなたとは何の隔てもなく暮らせることがうれしいのに。この私のあなたへの情愛を最後まで見届けて下さい」)(「若菜下」の帖)

長い引用であるが、すでに源氏との結婚を終わりにしたい紫の上に、源氏は深い愛を訴えている。

この間、物語は「若菜下」「柏木《かしわぎ》」の帖へ。

源氏の若き正妻女三の宮にかねてより恋慕していた柏木（源氏の親友、頭の中将の長男）は、源氏が紫の上の看病に付き添い女三の宮を大切にしていない、と女三の宮に同情している。恋慕と同情が高じ、さらに源氏の不在に乗じて女三の宮の寝所に忍び込む機会を得、あとさきを考える余裕もなく思いを遂げる。

この密事を知った源氏の驚き、落胆、怒り、若さへの嫉妬、初老に押し寄せた止めようのない見苦しい感情は今までの源氏からは想像すら出来ないほどである。

源氏は若い柏木と女三の宮を苛め、柏木は心労のため、衰弱死。女三の宮は出家してしまう。

源氏が若い二人の秘事に翻弄されている頃、頼りに思っている紫の上は女楽の演習の後寝付いて四年にもなる。紫の上は出家したいと願うが源氏は許さない、とは言っても、紫の上の気持ちも揺れている。

いとど、あえかになりまさり給へるを、院の思《おも》ほし嘆《なげ》くこと、かぎりなし。しばしにても、おくれ聞《きこ》え給はむことをば、いみじかるべく思《おぼ》し

（御快復の様子もなく、ますます弱々しげになっていくのを、源氏は限りなく嘆いていられる。しばらくの間といっても、御自分の方が後に残るのはとても堪え難いことと思われている、と紫の上は察して）（「御法《みのり》」の帖）

身近に迫る死に、紫の上は子供もいない故、残されてしまう源氏のことを気遣っている。前にも述べたように平安時代も、帝の記録であるが平均年齢三十七、八歳、后の方は五十二歳位と言われている。とすれば、源氏は十歳ほども若い紫の上には、当然看取ってもらうものと思っていたであろう。紫の上にしても、源氏の不実に出家したく、すでに夫として見限っていた感が強いが、いざ死期の近づきを悟った頃には、やはり三十年もの長き年月の夫と妻の心境は深い部分でいたわり合っていることが、読み手にもしっかりと伝

重病の紫の上は、それでも光源氏の行く末を案じる

わってくる。こうした看護する側、される側の心根や感傷は一千年前も今と変わらず、作者紫式部の夫と妻の繊細な愛情表現の描写が素晴らしい。

源氏自身も出家したいと願っているが、実家もない紫の上を置き去りには出来ない、と出家の決心がつかない。

共に相手を思いやって、身動きがとれない様子である。

あの輝かしい雄雛、雌雛のような二人にも年月は降下してくる非情を読者は思い知らされる。

ここは平安時代の仕組みを思うと、離婚ということは有り得ず、女が結婚や男から縁を切るには出家しかないのである。

源氏は、紫の上を手元から放すことなど全く考えられない。

紫の上と源氏との温度差は広がりつつも現状維持の生活が続く。

紫の上は時に起き上がって、明石の姫君や幼い匂宮と話したりしながらも病状は悪化、寝付いてすでに六年になる。幾度も出家を願うが源氏は許さない。

源氏にしてみれば昔話をしたり、心情を吐露できる唯一の妻である。寝たままでも良い、伏せったままでも構わない。もう今は尾羽打ち枯らして帰るところは、紫の上のところのみと言ってもよい。

紫の上は生きていてくれさえすればいい。

紫の上はあれほど願っても出家を許されず、ただ源氏の傲慢さで手元に置かれていて、もっとも可愛そうな女君とも言われているが、最後まで傍に寄り添ってくれて、しかも、今はかつてのような信頼感は失せたとはいえ、長年相思相愛で築き上げた二人の関係である。紫の上にしても隆盛を誇る源氏の二条院の屋敷での闘病であれば、誰彼となく見舞いに訪れ、寂しい老後ではなかったであろう。

病状は回復しないまま、桜の季節、紫の上は、法華経《ほけきょう》一千部の大供養を行い、酷暑の夏以降衰弱していく。

それでも秋のある日、小康を得て脇息《きょうそく》に寄りかかっている紫の上に今日は元気そうですね、と源氏が嬉しそうに喜ぶのを見て、この程度で喜ぶとは、もしもの時にはいかばかり悲しむのであろうか、と悲しくも優しく彼の心を思いやる紫の上である。源氏に対する信頼は失せても源氏の老い先を心配し看取れない思いを申し訳なくも無念にも思う心持ちに、紫の上の女性として人間としての品性の高さを感じる。

そして詠んだ歌、

おくと見《み》る程ぞはかなきともすれば風に乱《みだ》るる萩の上露《うはつゆ》

（起きていられるのもわずかの間、あっけなく無常の風に散ってしまう萩の葉や花の上露のように、私の命も当てにはなりません）（「御法」の帖）

この歌が辞世《じせい》の句となり、秋八月十四日の夜明け、源氏と養女の明石中宮に看取られて

紫の上は亡くなる（「御法」の帖）。

源氏五十一歳、紫の上四十三歳。

この当時でもやはり女のほうが長寿であったから、愛された男性に看取られて終える女性は少なかったであろうし、作者の紫式部も夫はかなり年上で結婚生活は三年ほどで夫を看取って、あの世に送っている。

とすれば、三十年以上も共に暮らし、愛情や信頼が薄れたとはいえ、最後まで見守られて亡くなるのは幸せな女の一生とも言えなくはないだろうか。

原文には、

明《あ》け果《は》つるほどに、消《き》えはて給《たま》ひぬ。

（夜が明けきる頃に露のようにすうっと消え、お亡くなりになる）（「御法」の帖）

秋の静謐《せいひつ》な夜明け方。

病がちで、出家が叶わず、大切な源氏を看取り、自らの手であの世に送ることが出来なかった不本意な老後ではあっても、源氏と明石中宮のほかにも大勢に見送られ、皆に愛されれ大切にされていたことが窺える。

終わり良ければすべて良し。

「御法」の帖で思い浮かんだ紫の上の心の終活である。

十一　花散里《はなちるさと》は平安時代のキャリアウーマン、見事に自立した終活

花散里が『源氏物語』にはじめて登場するのは光源氏が二十五歳の五月雨の頃。父故桐《きり》壺帝《つぼてい》の妃の一人麗景殿女御《れいけいでんのにょうご》を訪ね、妹の三の君とも逢う。この姉妹は桐壺帝亡き後は源氏の庇護のもとに暮らし、三の君（花散里）とはすでにかなり前から恋人同士であったことを読者は知る。

藤壺《ふじつぼ》、六条御息所《ろくじょうのみやすどころ》、朧月夜《おぼろづきよ》と華々しい恋物語が続いてきたあとに短い帖で、時も郭公《かっこう》の鳴く橘《たちばな》の花咲く季節がしっとりとした趣を出している。落ち着いた穏やかな花散里との会話は源氏と共に読者にもふっと息抜きになるシーンで、いままでの重さから解放されたような軽い二人の関係である。

次の帖は「須磨《すま》」「明石《あかし》」と源氏の運命の激変へと続く。花散里の登場は幕間のひとと

きのようで、印象も薄くなりがちだ。

しかし源氏が須磨に退去していた時には手紙のやりとりがなされていたり、京に戻ってからも思い出したように訪れている（「澪標《みおつくし》」の帖）。ほんの数行ほどであるがちらちらと物語に登場しているのだ。

都に返り咲いてからの源氏は青年期から中年期へ、政治の中枢で勢いを増し、再び輝かしい活躍ぶりである。二条東院が落成、西の対に花散里を迎え、東の対に明石の君を迎える。と「松風《まつかぜ》」の帖の冒頭に書かれている。明石の君は源氏との間に姫君を儲けているのであるから、二条東院に迎えられるのは当然のことで、花散里が何故そんなに重きを置かれるのか不審に思うが、花散里の話は冒頭の一行でこの時も話の本筋はむろん明石の君である。

さて源氏の長男夕霧《ゆうぎり》は亡き母葵《あおい》の上《うえ》の実家で祖母の大宮《おおみや》に育てられ、元服する年頃になる。父親として厳しい教育方針を貫いてきた源氏は祖母の元では甘やかされてしまうと、元服を潮に夕霧の養育を花散里に依頼するのが「乙女《おとめ》」の帖。

ここに至って読者ははじめて源氏が花散里を大切にしていたことに納得がいく。

姉は故桐壺帝の妃麗景殿女御であれば、品位、血筋とも申し分ない。さらに人柄は温厚、源氏にも従順で、夕霧を預けるのには彼女をおいて他には考えられない。

ところが、この時、花散里をちらっと見た肝心の夕霧は、お顔立ちはあまり美しくない、よく父親は長年この御器量で大切にしているものだ、などと少年らしい辛辣さで心に呟く。頼られた花散里は快く引き受ける。

が、母親の愛情が薄く、父親は厳しい、祖母には甘やかされて育ったが頭はよく優等生でさらに少年期から青年期にかかる難しい年頃の夕霧を引き受けたものの花散里は上手くいくのだろうか、と読者ならずとも思ってしまうが、今まで影の薄かった彼女は見事に乗り切って行ったようだ。

夕霧にしてもその人柄に心を開いていったのだろう、大学での成績もよく文章《もんじょう》の生《しょう》に合格し順調に伸びて行く。

母親の葵の上の実家は左大臣であった。父源氏は太政大臣《だいじょうだいじん》である。夕霧にしても行く行くは大臣にもなる未来を見据えなくてはならない。学問は源氏や学問所が教えて行くとしても、人間としての基本的な品位や行い、性格が人に優れていなければ上流貴族として人を率いて行けない。

紫式部が『源氏物語』を執筆した時期は、奈良時代の日本古来の祭祀《さいし》に大陸からの祭政も加わって、さらに平安時代にそれらが洗練され整備され、宮中行事や儀式が完成度を高めた頃である。嵯峨《さが》天皇《てんのう》勅撰の『内裏式《だいりしき》』、藤原忠平が完成させた『延喜式《えんぎしき》』、源高明《みなもとのたかあきら》の『西宮記《さいぐうき》』など宮廷儀礼や年中行事の指南書が編纂されていく。言ってみれば宮廷行事だけではなく、季節の風物にも典雅や作法が求められ、それらを見事にこなしていくことが上流貴族としての地位を認められて行くこととされた。

『源氏物語』の中にも実に細かく丁寧に儀式、行事が描かれ、その場に相応しい衣装に至っては、色合わせも事細かに描写されている。

こうした時代背景を鑑みても源氏の嫡男の夕霧を立派な公達として世に送り出すのは大変な重責である。

花散里に源氏は全幅の信頼を置いて夕霧を託した。

多分はじめは戸惑ったであろう花散里も、身近に接する若者がぐんぐん成長していく過程は面白く楽しい生活であったのではないか。母親のような責任ある立場を任され、斜に構えて自分を見ていた若者がいつか胸襟を開いて父親同様に自分を頼り信頼してくる。源氏の思っていた以上に夕霧は立派に成長していく。手ごたえのある子育てであり家庭教師である。

二、三年後、源氏のかつての恋人であった夕顔《ゆうがお》の遺児、玉鬘《たまかずら》が見つかった折り、源氏は世間には実の親と子と偽って手元に引き取る。この娘の養育も花散里に預ける。この時にも花散里は娘の素性に何一つ不信感を持たない。かなり複雑な経緯なので、何も聞かれないことは源氏にはありがたいことである。

夕霧の養育が思った以上に功を奏した、と源氏は確信を持ったのだろう。

玉鬘はすでに二十歳になっている。聡明で美しいとはいえ、今と異なり平安時代に九州で育って突然都、それも高級貴族の館へ入っての生活である。またたく間に上流貴族の若者たちの噂になり、源氏さえ虜にするほどの姫君になる。ひとえに花散里の養育の手腕であろう。

夕霧にしても玉鬘にしても思春期の難しい年頃の養育、しかも一級の貴族教育である。花散里は優しく穏やかで裁縫が上手で良妻賢母を絵に描いたような人柄、とも言われてい

染色、裁縫は平安時代に急進歩。花散里の得意技

るが、上流貴族の生まれ育ちに、持って備わった資質を遺憾なく発揮して、今や養育のスペシャリストである。

花散里も難しい年頃の時には若者と真剣勝負で養育しつつも、楽しんでいたのではないか。

「蛍《ほたる》」の帖に、五月五日騎射《きしゃ》競技が花散里の夏の御殿の馬場で行われる話がある。中将の地位に就いている夕霧が同僚、友人を大勢引き連れてくる。源氏は父親らしい気遣いで花散里に接待をつつがなく執り行うように頼む。

原文を見ると、源氏の父親ぶりが細やかで、かなりの心配性が垣間見られて微笑ましい。少し前の厳しい教育パパとは別の一面を見せている。

「中将の、今日《けふ》の、つかさの手つがひのついでに、男《をのこ》ども引《ひ》きつれて物《もの》すべきさまに言《い》ひしを。さる心し給へ。まだ明《あか》きほどに、来《き》なむものぞ。あやしく、ここには、わざとならず忍《しの》ぶることをも、この親王達《みこたち》の聞《き》きつけて、とぶらひものし給へば、おのづから、ことごとしくなむあるを。用意《ようい》し給へ」

(「夕霧の中将が騎射のあと友人たちを引き連れてこちらへ来るようなことを言っていましたからその心積もりでいて下さい。内々の催し事と思っていても兵部卿宮たちも聞きつけて来ると大げさになるからねえ、そのつもりで支度をしておいていただきたい」)(「蛍」の帖)

当日は六条院の他の部屋の女房なども、若い公達、親王などの騎射競技が見られると大騒ぎで、大層な催し事になっていく。

それを見事に仕切ったのは花散里である。

その夜、慰労の意味もあったのであろう、源氏は花散里の元に泊まる。訪れた親王、公達の噂話などを二人でしたあと、花散里は自分の帳台《とばりだい》（寝所）を源氏にゆずり、自分は几帳《きちょう》の影に伏して、同衾《どうきん》はしない。

いつのころからこうした関係になってしまったのか、と源氏は物足りなくも思うが、無理に誘うこともしない。

一方花散里は、催しや宴など華やかな集まりは今まで自分の夏の町と言われる住まいで行われたことは無い様子。今日のように若い公達が押し掛け、馬場で競技をし、競技のあと、まだ汗の引かぬ若者たちの賑やかな宴。みな花散里の過不足のない接待に若者らしい感謝と旺盛な食欲で応えたであろう。母親のいない夕霧を不憫に思われないような心遣い、源氏が花散里に労をねぎらう以上に常に謙虚な花散里であっても、晴れがましく名誉で満ち足りた気持ちであったはず。

その駒《こま》もすさめぬ草と名にたてる汀《みぎは》のあやめけふや引《ひ》きつる

（馬も食べない草と評判の水辺の菖蒲のように目立たない私なのに、菖蒲の節句の

今日だから持てはやされたのでしょうか）

と今日の華やかな催しの成功を詠んだ花散里の歌は、まだ興奮の余韻冷めやらぬ様子とちょっぴり自信もうかがえる。

源氏の返歌は、

鳰鳥《にほどり》のかげをならぶる若《わか》ごまはいつかあやめにひき別《わか》るべき

（雌雄仲良しの鳰鳥のように影を並べて若駒の私は菖蒲のあなたと別れることなどないでしょう）（「蛍」の帖）

と、おっとりとして、会うと気持ちの癒される花散里を、しかしいつの間にか夫婦共寝から遠ざかっていることを、諦めつつも不満気でもある。

ところで、この二人の歌のやりとりが全く噛み合っていないことが面白い。

いままで他の女君にスポットが当たっても嫉妬したり、逆にひがんだりすることもなく、源氏にすれば何でも頼めて、時には愚痴もこぼせてしかも頼んだことはしっかりと間違いなく、想定以上にこなしてくれて、男女の間が疎遠になっていても嫌味もなく、言ってみればとても便利な妻である。

が、いつの間にか花散里は養育全般、家庭の社交に関してのスペシャリストとなり、本人もその面白さ、楽しさ、やりがいに気づいていたのだ。

今日の競技、宴を取り仕切って、皆の喝采の女主《おんなあるじ》を務め、源氏にも慰労される。自分にもこんな才能があったのだと気付いた時の喜びは大きい。

その夜の彼女のイベントを見事に取り仕切った満足感と興奮は、源氏には通じていない。仕事や才能を発揮出来た喜び、若い公達に慕われる喜びは年取っての男女の間のやりとりよりも楽しかったであろうと想像できる。

この後も結婚した夕霧が親友の柏木の亡くなった後、未亡人となった落葉の君の世話をするうちに想いを寄せ、妻の雲居《くもい》の雁《かり》と険悪になった折りにも花散里は相談に乗る。

さらに夕霧の正妻ではない女との間の、子供二人を引き取って大切に育てていく（「夕霧」の帖）。

こうした養育のスペシャリストとなった花散里の力量を源氏も見抜き、プロとして対価で報いているのだ。

花散里には源氏亡きあと二条の東院を遺産として与えられたことが、「匂宮《におうのみや》」の帖に書かれている。原文に、

花散里《はなちるさと》ときこえしは、ひむがしの院をぞ、御処分《ごそうぶむ》の所にて、わたり給ひにける

（花散里の方は、二条の東院を源氏の遺産の譲与分配としていただき、お移りになりました）（「匂宮《におうのみや》」の帖）

先の歌のように妻として、女としてはあまり見栄えのしない、性格も地味な彼女の、しかし家庭的な性格に加え、上流貴族の品格、資質を充分に活かした養育のスペシャリストとしての才能を源氏は高く評価していたことが読者にも初めてわかる。

この「匂宮」の帖の「御處分の所」の一文は、とても大きな意味を持っている。

處分の所とは、遺産として配分された所という意である。

もしこの対価と思われる遺産がなければ、ただ便利に頼まれ、使われていただけであるが、この遺産は彼女への報酬と考えられる。

『源氏物語』の中の数多くの女君の中に自らの才知でキャリアを積んでいった女君を登場させたことが一千年後にも新鮮さを感じる。

遺産は職業人としての退職金、年金のようなものであろうか。

源氏が最愛の妻、紫の上に先立たれた後、悄然として哀傷漂い過ごす一年間が季節の移ろいとともに綴られていく。

四月、夏の衣替えに夏の衣装が花散里から届けられる、とあり、彼女の出過ぎず、変わらぬ細やかな人柄が「幻《まぼろし》」の帖に記されている。

この「幻」の帖を最後に源氏は出家したと思われ、「雲隠《くもがくれ》」の帖は本文は無く白紙をもって帖名のみであるが、源氏は多分二、三年後には他界したとされている。

これも多分ではあるが、最後の看取りや、諸々の後始末は夕霧とともに花散里が行ったのではないだろうか。

ここに興味深い小説がある。

女流作家マルグリット・ユルスナール（一九〇三年ベルギー生まれ）が花散里を主人公に『源氏の君の最後の恋』という短編を書いている（『東方綺譚《とうほうきだん》』「白水社」所収）。

紫式部が主人公光源氏の一生を記すことは「幻」の帖での出家でお終いとし、「雲隠《くもがくれ》」では読者への余韻や想像にまかせて帖名のみとしたと思われる。ところが、ユルスナールの短編では「雲隠」の帖が舞台なのだ。

小説を要約してみると、

「出家した光源氏の元へ花散里が訪ねるが、紫の上の愛用の香をつけていったことで源氏が怒り追い返されてしまう、ふたたび百姓女に装い近づくも追い返される、しばらくして地方の名家の若妻に扮し再度源氏の庵を訪れる。紫の上の想い出の歌を口ずさむと、源氏に若い頃がよみがえって、花散里は情人となって、庵に暮らす。やがて源氏の病が重くなりつつ、かつての女君の名が次々と口からついて明かされていく。葵の上、夕顔、六条御息所、藤壺、女三の宮、空蝉、紫の上など。

「館にもう一人、やさしい女がいましたでしょう、花散里という女が」

と、花散里が源氏に身をかがめてつぶやいた時、源氏はすでに亡くなっていた。花散里は髪をかきむしって泣き叫び地に伏した」

この小説の作者ユルスナールは、表面おだやかにして、頼まれごとは厭わずこなし、嫉妬もしない花散里の心深い所には男女の関係すら失せてしまったことへの女の悲しみが渦巻いていた筈、と言うことであろう。

が、そうであろうか、先の歌にもあるように、若者を育て上げていくことに喜びを見出し、夕霧、玉鬘、訪れる若い公達にとりかこまれた環境で、自分が必要とされている花散里である。

花散里にとって源氏は大切なスポンサーでもある。

が、周りの若者たちの青々とした空気の中では、あの光り輝いていた源氏とは言え、若くはなくなっていることを、花散里は肌で感じ取っていたのではないだろうか。

そこには源氏は気付いていないが、源氏にも「老い」が忍び寄って来ていることを感じさせる。

さて、花散里は、近代的に言えば、仕事の面白さを堪能し、老後は源氏から、養育のスペシャリストとして認められて与えられた対価である二条院で、夕霧の子供を養育していく。源氏からも、息子の夕霧からも能力を認められている。源氏の妻、関係した女君の中で、お情けではなく、自立して若者たちに囲まれた生活を送った。

当時としては、とても恵まれた老後を自ら勝ち取った女性であった。

一千年後の今でも羨ましいような、上手な老い方、見事な終活である。

十二 明石《あかし》の君《きみ》は所詮《しょせん》愛人、という重石《おもし》が取れて色香も捨てて気楽な老後

光源氏の退去先の明石から、浮気をしたけど、旅先のほんの気まぐれ、自分から打ち明けたのだから、気持ちを察して下さいね。

という趣旨の歌とくどくどと言い訳した手紙を、紫の上は受け取る。

源氏が朧月夜《おぼろづきよ》とのスキャンダルで須磨《すま》に自ら下って一年、さらに明石に転居して行った先からの手紙である。ずっと源氏を信頼して都で一人心細くも彼を待って不在を守っていた紫の上は裏切りに心砕かれた思い。

明石の君は登場から、源氏に旅先でのかりそめの契りと軽んじられ、紫の上からは嫉妬される危ない存在である。

父の明石の入道《にゅうどう》は出自こそ上流貴族ではあったが、受領《ずりょう》（現在の知事）を引退して出

家の身、しかし娘は都の公達と結婚させたいとの野望を持って、都の上流貴族の姫君に勝るとも劣らぬ教育をしている。

住吉の神のお告げを信じ、退去中の源氏に是が非でも添わせたいとの懸命の努力をもって、ついに源氏と明石の君は結ばれる。

父明石の入道の思いに娘の明石の君は懐疑的である。結ばれたものの相手は都でもトップレベルの公達、自分は明石の中流階級の娘、とプライドは人一倍高くてもかえって卑下してしまう。

すらりとした上品な身のふるまい、琴を弾きこなし、文字も歌のセンスも都の姫君に優るとも劣らない。源氏は紫の上には、かりそめの出来心のように言っているが、魅かれていることも事実であることが物語の中で十分に読み取れる。

やがて明石の君は懐妊するが、源氏は退去を解かれ、明石の君のことを案じつつも彼女を残して一人都に戻って行く。

明石の君が女児を出産したことを知った源氏は、明石の君に京への上洛《じょうらく》を促す。

もし明石の君が男児を産んだとしたら、都に呼ばれただろうか。多分否であろう。源氏には故葵の上との間に長男夕霧がすでにいる。

女児であれば、源氏の姫君として大切に育て、上流貴族、いや上は東宮妃《とうぐうひ》、さらにうまくいけば中宮《ちゅうぐう》にもなれる。そうなれば源氏は外戚として、最高の権力を手中に収めることが叶うのだ。当時の上流貴族たちは、己や一族の出世には絶対に姫君が必要であったのだ。

明石の君は女児を産んだことが大幸運であった。かくして源氏は明石の君を一日も早く京へと促すが、明石の君は京の都に行っても上流貴族の女君の中で己の居場所があるとも思えない、かといって源氏の姫君をこのまま明石で育てるのもいかにも惜しいと逡巡している。

明石の入道はぜひとも娘を京に送り込みたいと、京の都のはずれ大堰川《おおいがわ》のほとりにある祖父の山荘を直して、明石の君、姫君、明石の君の母の三人を上洛させる。

源氏は三歳になる姫君の可愛さに、行く末は東宮妃から中宮への道を思い描いたかもしれない、そのためには、母の出自が問われてくる。源氏自身、父桐壺帝の女御にもなれず更衣であった母親のため、親王から臣下の身になっている。

とすれば、正妻と周りには認められている紫の上の養女として養育すれば、後々心配せずに良縁が組める。

源氏は紫の上にはあっさりと養女の件、養育のことを認めさせてしまった。

紫の上にしてみれば、自分が必死で京で孤独と闘っていた折りの浮気相手の間にできた姫君で、いってみればライバルの子。むろん上流貴族の姫君としたいという源氏の心は読み取っている。源氏との間に子供のない自分にとっては手元に引き取り養育することが最良との心づもりは出来ている。

が、明石の君は京へ上ってすぐに子供を取り上げ連れ去られるという、思いの外の仕打ちに、京に上洛したことを後悔するが、母の尼君は姫君の将来はこの時の決断より他にはない、と娘の明石の君を説得する。

源氏の行動はこの時、実に素早い。

明石の君の心変わりせぬ内にというか、想定外のことに彼女が思案している隙をも与えない速さで事を運ばねば、とでもいうかのようである。

いよいよ、明石の君から姫君を紫の上の住まう二条院へと連れ去る場面は、子別れの名場面である。「薄雲《うすぐも》」の帖より明石の君と源氏の詠み交わした歌を抜粋してみよう。迎えに来た源氏とともに車に乗り込む姫君は母も共に乗り込むものと思ってせがむ。袖を引かれた明石の君の詠む歌。

末遠《すゑとほ》き二葉《ふたば》の松《まつ》にひきわかれいつか木高《こだか》きかげを見るべき

（二葉の松のように先の長い姫君に今日別れて、私はいつ成長した姫君に会えるのでしょうか）

激しく泣く明石の君に可愛そうと思いつつ返す源氏の歌。

生《お》ひそめし根《ね》も深《ふか》ければ武隈《たけくま》の松に小松《こまつ》の千代《ちよ》をならべん

（あなたと私の間に生まれた姫君は深い宿縁、あの武隈の松のように、小松の姫君の成長を眺める日が来るでしょう）（「薄雲」の帖）

と、娘との別れを悲しむ明石の君を表面は慰めつつも、源氏の、須磨、明石の退去から帰京して、政治家としての強くなった一面が感じられる。

源氏が手元への引き取りを急いだのは、幼児が三歳になった頃に世間、親族に大々的にお披露目をする「着袴《ちゃっこ》」の儀式に間に合わせたかったからだ。

源氏の「着袴」の儀式も、桐壺帝の第一皇子に負けないほど立派に執り行われ、袴の腰紐を結ぶ「着袴親」には親族の尊敬されている長じた人物が選ばれるのが通例である所を、桐壺帝みずからが結び親となったことが記されている(「桐壺」の帖)。

明石の姫君に会った時から、その可愛さに源氏は「着袴」の儀式を自分の館二条院で執り行い、源氏の姫君として正式にお披露目するには今年の冬が適している、と算段したようだ。

娘を出世の策略の一つにするには、母子を引き裂いてでも我が身に有利にしていかなくては事が進まない。

若い青年時代の恋や愛優先から、中年の政治家源氏が全面に出てくる様子が読み取れる。

つまるところ、明石の君はなすすべもなく子別れを了承させられて行く。

平安時代の物語には、継子いじめが多く書かれていて、紫の上に引き取られた明石の姫君にもその危惧がある、と想像した当時の読者も多かったのではないかと思われるが、紫の上は姫を大層可愛がり、姫も慕う。源氏は自分の思い通りに事が上手く運んだことに安堵しているものの、やはり大堰の山里で寂しく暮らす明石の君を不憫に思い、時々は通う。明石の君は姫君を紫の上の養女に手放してしまったら、自分の何に惹かれて源氏の君は訪れるであろうか、と姫君を手放す前に思い嘆いていたが、こうして時たまにしても源氏の訪れがあり姫君は紫の上に大切に育てられていると聞きじっと堪える。明石の君の心情を原文で触れてみたい。

ちかき程《ほど》にまじらひてば、中なか、いとど目馴《めな》れて、人あなづられなることどもぞ、あらまし。たまさかにて、かやうに、ふりはへ給へるこそ、たけきここちすれ

(源氏のお側近くでお仕えすると、私を人が見馴れてしまって、見下されるようなこともあろうが、時たまにでもわざわざお越しいただける方が私の身も立つ気がします)(「薄雲」の帖)

と、ある。子供と引き裂かれて苦しくても、出過ぎず卑下し過ぎず現状に甘んじる明石の君である。

源氏の権勢の一翼を担っていくかもしれない娘を産み、出自が中流貴族だからと可愛い盛りのその娘を養女に持って行かれるほどの過酷な仕打ちを受けた明石の君の心情の、察して余りある悲しみが伝わる。

故郷の明石で、父明石の入道が、都の姫君にも負けぬようにと付けてくれた教養も、都では上流貴族の姫君よりも抜きんでているというわけにもいかないであろう。

「たまさかに」時たまいらしていただければ、それで良いと思っているが、都の中枢で、政治家として多忙な源氏が、紫の上をはじめ妻や女君にも恵まれていれば、たまさか、がいつまで続くかは、正妻でもない愛人のような立場では保障はないのである。

都のはずれ大堰の里で、源氏を待つだけの日々。それっきり忘れられてしまうかもしれない慄《おのの》き。

明石に戻れば姫君といつか会えるとの願いが叶わなくなると思えば、退路も断たれている。

その頃源氏の長年懸案であった六条院造営が完成する。財力、権力に加え美男の源氏に縁のある女君たちを住まわせ、百花繚乱《ひゃっかりょうらん》、ハーレムとも言われるような六条院となる。西南の秋町に六条御息所《ろくじょうのみやすどころ》の姫君で、秋好中宮《あきこのむちゅうぐう》の里下がりの折りの住まい、東南は春の町で源氏と紫の上の住まい、東北の夏の町は花散里の君、西北の北の町には明石の君、と源氏は女君たちを四季の町になぞらえて住まいを造ったのだ。

ついに大堰川の山荘から明石の君は六条院へ移ることになるのだが、紫の上や、花散里よりも格下でありながらも、やはり行く末は中宮をも視野に入れている明石の姫君の生母であれば、他の女君と比べても一見遜色のない扱いを受けることになる。

しかし明石の君は、他の女君の新居への引っ越しの済んだ後、最後にひっそりと入居し、ここでも自分の置かれている立場をわきまえ、目立たぬように振る舞うのである。

大きい館とは言え、同じ六条院に娘の明石の姫君が紫の上の東南の町に住まっていても、明石の君は決して会いに行こうとはしない。あくまでも陰に徹している。

女君の方々が入居したその年の暮れに、新年の衣装を源氏がそれぞれの女君に合わせて選んで贈っている（「玉鬘《たまかずら》」の帖）。

この時、源氏三十五歳で太政大臣、紫の上二十七歳、明石の姫君七歳、明石の君二十六歳。

今を盛りの男女の華やかさが、文章だけなのに文様や色彩が溢れるような風景として浮かび上がる。

六条院の衣装を作る御匣殿《みくしげどの》と、染色、裁縫の得意な紫の上が調達した装束が山と積まれる。源氏は女君を思いつつ似合う衣装を取り併せたり、重ねたり。紫の上は源氏の衣装の選び方で、それぞれの女君に対する源氏の思い入れを想像している。この心理描写もひねりがあり凝っていて面白い場面である。

紫の上には葡萄染《えびぞめ》の小袿《こうちぎ》、紅梅の表着、濃い紅梅色のかさね。明石の姫君には桜の細長《ほそなが》、つややかな薄紅色のかさね。

花散里には薄藍色に海辺の文様を織りだした小袿、紫色の柔らかく練った絹の掻練《かいねり》がさね。若い玉鬘には鮮やかな赤の袿《うちぎ》に山吹の花の細長。

さて明石の君には梅の折枝《おりえだ》に、蝶や鳥の飛び交う織り文のある唐風の白い小袿、艶のある濃紫のかさねを源氏は選ぶ。

明石の君に選んだ装束は白と紫という品の良い取り合わせに舶来風な織り文様。センスのよさにこれを着る明石の君の気品の高さを想像し、紫の上は明石の君に嫉妬する。

立場を心得、へりくだった態度でいても、気位の高い明石の君のことを源氏はしっかりと把握している装束選びである。

暮れの衣装配りから新たな年に入る。

「初音《はつね》」の帖には、盛んなる六条院の正月風景があちこちの女君の部屋から漏れ聞こえる様子が賑々しく楽しい。

ことに紫の上の春の御殿の庭は梅の香り、薫物《たきもの》がすばらしく極楽浄土《ごくらくじょうど》のよう。夕方には源氏も訪れて新春の祝い言を詠み交わす。

うす氷とけぬる池のかゞみには世にたぐひなき影《かげ》ぞならべる

（初春の日に薄氷も解けてしまった池の、鏡のような水の面には比べるものもないような、世にも幸せな私たちの姿が並んで映る）

紫の上もこれに応えて

くもりなき池の鏡によろづ世《よ》をすむべき影《かげ》ぞしるく見えける

（すき通って鏡のような池に、万年を過ごすはずの私たち二人の幸せが、くっきりと映ってうかがえます）（「初音」の帖）

と末長く変わらない夫婦の理想的な間柄を仲睦まじく詠み交わしている。

源氏はそのあともそれぞれの女君の御殿を訪れ、日が暮れかけた頃、明石の君の住まいに渡る。

渡り廊下の扉を開けるなり、部屋の奥から薫物の芳香が優雅に風のように漂い、趣深い。明石の君の姿は見えないが、硯《すずり》の周りには草子《そうし》が取り散らかされている。唐渡りの薄い錦の縁取りも見事な敷物に由緒ありげな琴を置き、風流な意匠の火桶に侍従香、衣装に焚きしめるえび香の匂いが混じってなんとも優艶である。手習いをしていた反故《ほご》の紙などに源氏が見とれているところへ、明石の君がそっとにじり出てくる。

暮れの贈り物の白い小袿に黒髪がはらりとかかっている様子が優雅このうえもなく、源氏は魅惑に負け、なんと六条院新築のはじめての正月元旦の夜に明石の君の元に泊まる。これは源氏にも、紫の上にも、明石の君にとっても想定外の元旦の夜である。

あれほど源氏と仲睦まじい紫の上なのに、女の魅力では明石の君にこの折り軍配が上がったと言えよう。

明石の君の演出は見事に源氏を捉え、愛人の心意気は立派で、ハーレムのような六条院で己の居場所を色香と才覚でしっかりと確保していることを、他の女君、ことに紫の上に思い知らせている。

紫の上は激しく嫉妬するも、可愛い明石の姫君は自分の手元で育てていることで、明石の君には同情の思いもあり、止むをえない、という複雑な心情である。

六条院がいかに広い御殿とは言え、紫の上に育てられている娘の明石の姫君には、同じ住まいであっても明石の君は身の程をわきまえ垣間見ることすらしない。

さらに三年が過ぎ、明石の姫君が東宮の元に入内することになる。源氏の大きな野望が現実のものとなったのだ。まだ幼い姫君に宮中で付き添う後見人には、明石の君がよかろうとの源氏と紫の上の計らいで、八年の長き忍従を乗り越え、やっと母娘で共に住まうことが叶う（「藤裏葉《ふじのうらは》」の帖）。

入内の時にも紫の上は東宮、大臣、中宮《ちゅうぐう》、女御《にょうご》などにとくに許された輦車《てぐるま》に乗り、明石の君は徒歩で車の後を行く。生母であっても受領《ずりょう》の出自の自分が表立っては、これから中宮をも視野に入れている姫君の出世の妨げになる。そんな思いもする入内であるが、これからは娘の傍に居られると思うと明石の君は女として辛かった今までの半生が今、母として大きく報われた思いであったろう。この後も明石の君は、宮中で明石の姫君の世話役に徹する。

「若菜上《わかな》」の帖では、姫君出産の際、赤子を産湯につかわせる役を生母としてではなく、女房として勤める場面もあり、常に陰で姫君を見守りながら働く。平安時代の中宮は、母の出自が皇族か大臣の上流貴族であることが慣習になっている。源氏が我が娘を中宮にしたいこと、紫の上ではなく、中流の出自の自分との間の娘であることを残念に思っていることは、誰よりも明石の君がわかっている。ここで己が出ては紫の上の養女として入内したことが無になってしまう。

今は娘が国母となるまでは、さらに忍従の身も甘んじて受ける。そんな覚悟の明石の君である。

母として充実した幸せな日々であろうが、いかなる時にも一歩も二歩も下がってへりくだっている様子を描いている場面が「若菜下」の帖にある。

源氏が新しく若い女三の宮を正妻に迎え、舅の朱雀院の五十の賀宴を六条院で催す件りである。

朱雀院寵愛の娘女三の宮の琴《きん》を中心に紫の上の和琴《わごん》、明石の女御（姫君）の箏《そう》、明石の君には琵琶《びわ》と割り当てた女楽《おんながく》を考え、合奏する。その折、明石の君は「裳《も》」を着ける。

女楽を催す場は女三の宮の御殿。源氏、紫の上、明石女御（明石の姫君）、女三の宮、明石の君、音楽のわかった女房たちに加えて、演奏する女君がそれぞれ美しい女童に汗衫《かざみ》姿《すがた》の盛装をさせハレの衣装である。色とりどりの美しい女童にかしずかれる女君たちは、女三の宮は内親王で源氏の正妻、紫の上も皇族の出身、明石女御は源氏の長女で明石の君が生母ではあるが紫の上の養育を受け、帝の寵愛深くやがては中宮となるであろう御方。

明石の君だけが、この場には相応しいとは言い難い中流貴族受領の出自。そこで明石の君はへりくだって臣下の礼として女房の着ける「裳《も》」を着けたのである。裳とは表着の後腰につけて扇状に襞《ひだ》が入って裾を長く曳いた衣装である。明石の君は明石女御の正式な母の扱いを受けていなくても、皆承知のことであって、この場で、裳を着けなくてもあえて叱責されることはあるまい。が、娘の明石女御が十九歳、自身三十八歳、源氏四十七歳、この二十年間、「宿世《すくせ》」（運命）と己に言い聞かせて、いかなる時も忍耐を形に表している。

しかし、この音楽の宴でもいざ琵琶《びわ》を弾くことにかけては、源氏をもうならせる技量と風情があり、決して卑屈さは見せない。

この女楽の後から紫の上は病を発症し、一時は生死をさまようほどで、命は取り留めたものの以後はかばかしくない長患いの状態が四年続く。

その間、明石女御は中宮となり、源氏は念願の外戚の夢が実現する。

やがて紫の上が里に下がっていた明石中宮に手をとられて亡くなる（「御法《みのり》」の帖）。最愛の妻を亡くした源氏の悲嘆、哀傷はいかばかりであるか、と「幻《まぼろし》」の帖では一年間の季節を追って歳時記《さいじき》のように彼の心情、心境を追っている。

あまり外出もせず、人とも会うことも少なくなった源氏が三月、明石の君の住まいを訪れ、昔の思い出などを語る。明石の君も如才なく、風雅な風情で相手をする。その様子に源氏も慰められはするものの、やはり紫の上には及ばないようで、夜更けまで話はしても泊まらずに帰る。

明石の君はやはり、紫の上のようには源氏の心をとらえきれてはいなかったのだろう。

翌日、源氏から贈られた歌は、

泣《な》くくも帰《かへ》りにしかなかりの世《よ》はいづくもつひの常世《とこよ》ならぬに

(鳴きながら北国へ帰る雁のように昨夜は泣きながら帰ってしまった。この世はどこも永遠の住まいではないゆえに)

明石の君の返歌は、

雁《かり》がゐし苗代《なはしろ》水の絶《た》えしよりうつりし花の影《かげ》をだに見《み》ず

（雁がいた苗代の水（紫の上）が引いてしまってから、水に映っていた花の影まで

も見えなくなったように、あなたの姿も見えなくなって）（「幻」の帖）

この時、源氏は、紫の上が明石の君と心を通わせながらも馴れ馴れしくはせず、奥ゆかしく、心遣いをしていたことを、明石の君は気がついていなかったであろう。と独り言を。原文にある「人はさしも見知らざりきかし」（あなたは気付いていなかったでしょう）と、まるで明石の君が繊細さに欠けるかのようで、独り言とは言えかなりきつい。

紫の上が亡くなってから、生前よりも、源氏の心の中に想いの格差が広がったようで、身分差だけではなく、やはり明石の君は愛人であり、その後も源氏は淋しい時の昔語りに時たま訪れるものの泊まることはなかった。明石の君ももう色香で源氏を繋ぎとめる必要もなく、また、若さも色褪せたかもしれない。明石の君の悲しさが語られつつもここで明石の君は表舞台から退場する。

しかし、娘の明石中宮の第一皇子は東宮になり、次の帝への道も開けている。

中宮の生母として、東宮、皇子たちの祖母として幸福な老後である。明石から大堰へ、さらに六条院へと源氏に強く促されて上京し、しかし出自の低さからつねに忍従を強いられた若き日々。

時が過ぎ源氏も紫の上も亡くなり、抑えつけられていた頭の重石がすっかり消え去って、今や中宮の母、東宮、匂宮《におうのみや》たちの祖母である。

明石の君は当時の受領階級からの出自では考えられない超出世であった。

そして作者紫式部も同じ受領の父親の出自である。いかに才気に恵まれようと、上流貴族の仲間入りは出来なかった。その無念を、若き時の忍耐と才気、努力で国母の母にも成れるという、有り得ない幸福を明石の君に物語の中で完成させたのではないだろうか。

女の安泰した老後に出家という当時の最大の形を取らず、権力者の一角に収まる幸福な老後を作りだしたのである。

ところで、年月を遡ることになるが、明石の君の両親の老後にも少し触れておきたい。

明石の君の父、明石の入道は、見続けた夢がかなって、源氏という当代随一の皇族に娘を縁付けることが出来、孫娘も生まれて、源氏に促されて明石の君、その母、孫娘の三人は上洛する。

しかし、明石の入道は明石に残った。

時たま、文通はあるものの、入道は都には来ない。

明石の姫君が東宮の御子を出産したことで、己の夢の成就を悟って、明石の深山へ引き籠ることを決断し、長い文を都に送る（「若菜上」の帖）。

もうこの世で会うことはかなわない。

明石の入道が己に課した、厳しい終活である。

明石の君の嘆きも大きいが、入道の妻の尼君は大層嘆く。

東宮の妃となった孫を持ち、孫の産んだ御子は将来の天皇ともなる。

人には大層な幸運と言われているが、遺言の手紙で、もう今生では会う事すらかなわない夫婦の縁を嘆く。明石の入道が見た夢に翻弄された不思議な夫婦の老後である。

十三　女三の宮《おんなさんのみや》の降嫁は光源氏初老の四十歳の時、若返った源氏の行く末

朱雀院《すざくいん》は病がちで出家を願っているが、末の愛娘女三の宮の行く末を思い、悩む。柏木《かしわぎ》をはじめ、若い公達の求婚があるものの宮を託すにはいずれも頼りなく、思いあぐねて准《じゅん》太上天皇《だいじょうてんのう》に昇り詰めている光源氏を婿とすれば姫君の将来は安泰と思い、彼に委ねる。この時、女三の宮は十四歳、源氏四十の賀間近の話であり、四十の賀は、現在でいえば還暦の祝いの感覚である。源氏もあまりに突然のことで驚き、お断りする。が、再度の降嫁の話に引き受けてしまう。

女三の宮の亡くなった母親が源氏の永遠の恋人藤壺《ふじつぼ》（源氏の父、故桐壺帝の中宮）の姉妹であること、准太上天皇という最高の地位になったのに、しかとした家柄からの正妻がいない、との思いが年の開きをも顧みるゆとりを失って降嫁に期待してしまう。

以前十歳の若紫（紫《むらさき》の上《うえ》）を略奪するかのごとく自邸に引き取り、自分の思うような女君に育て上げたあの若い頃の情熱を再び思い出し、功なり名遂げた今、新しい刺激を自分に求めたのかもしれない。

父の朱雀院に溺愛され、皇女という地位で育った女三の宮はにこにこと幼女のようで可愛いい。

源氏四十の賀も間近、ここまでの諸事を思うもこれからはようやく二人睦まじく、と少々楽観していた紫の上にはあまりに唐突な女三の宮の降嫁であった。

紫の上の本音としては、源氏の愛情は多くの女君に囲まれた彼ではあっても己が抜きんでて深く愛されている、との自信もあった。周りの処遇も正妻同等のようである。

が、表立っての正妻には、女三の宮が立つことになる。いままであまり意識せず、愛情があればと深くは思い込まないようにしていたが、しかとした実家もなく、幼少時からすべて源氏に面倒を見てもらっていることで、この歳になってやはり正妻ではなかったことが表面化してしまった。紫の上の心はずたずたになってしまう。

人前で、皇女を源氏の正妻に迎えることを何事もなかったかのように装い、取り繕うほどに惨めさを思い知らされる。

一方、女三の宮には、紫の上の打てば響く、教えれば伸びる賢明さは皆無で、源氏は降嫁を受けたことを早くも後悔する。

可愛くて素直な幼女そのままの雰囲気は、紫の上の十歳ころの聡明さには及ばない、とこれからを思って源氏は嘆く。

女三の宮の降嫁は源氏の思い込みの当てが外れ、紫の上に大打撃を与え、あの輝かしい六条院に、慶事ながら不安を感じさせるような「若菜《わかな》上」の帖である。

若い時からの源氏の親友にしてライバルの太政大臣《だいじょうだいじん》（頭《とう》の中将《ちゅうじょう》）の息子柏木《かしわぎ》はかねてより女三の宮との結婚を望んでいたが、若くて頼りないと朱雀院に一蹴されてしまった。が、恋慕の情は続いている。柏木は源氏を敬ってはいても、若い女三の宮との結婚には、その年の差を思うと、女三の宮に同情もし、無念な心持ちを抱いていた様子である。

そんなある日、六条院で若人たちが蹴鞠《けまり》を楽しんでいた時、女三の宮のペットの唐猫が飛び出し、はずみで御簾《みす》を巻き上げてしまうという粗相《そそう》をする。

御簾の合間から女三の宮を垣間見《かいまみ》してしまった柏木は、若い頃から憧れていた彼女に耐え難いほど心を奪われてしまう。

降嫁には多勢の女房が付いてきている割には女三の宮を簡単に隙見《すきみ》させてしまうようなスキのある周りである。女三の宮自身も幼くてしっかりしていないのは無論、取り巻く女房たちにもしまりがないことが、この唐猫飛び出し事件で露見し、そうした甘さが『源氏物語』後半最大のスキャンダルとなる。

その辺りの甘さは源氏がかねがね心配していたことでもあった。

柏木が女三の宮を忘れられず思い続けてから四年が経っていた。

朱雀院の五十の賀に向けて源氏は女三の宮を中心に女楽《おんながく》（女性だけで演奏する音楽）を披露して祝賀しようと思い立つ。女三の宮は琴《きん》、明石中宮は十三弦の箏《そう》の琴（現代の琴の原型）、明石の君は琵琶《びわ》、紫の上は和琴《わごん》と決めて予行演習をする。このくだりは、平安時代の楽器の位どりがわかって興味深い。琴《きん》は、奈良時代に中国から伝来し、君子の楽器とされていたので、『源氏物語』でも皇統の証の楽器とされ、桐壺帝から源氏へ伝授されている。女三の宮は源氏から手ほどきを受け、四人の中で、当然最も格の高い楽器を受け持つことになる。この場面からしても、紫の上の上位に女三の宮が正妻として君臨しているのがわかる。

この女楽の後、紫の上は女三の宮と対面し話をする。

しばらく過ぎたある暁方から紫の上は発熱し病に倒れる。心身ともに、女三の宮の降嫁が、源氏への不信を深め、紫の上には大ストレスとなっていたのだ。

源氏の心配と看病は並々ならぬもので、加持祈祷《かじきとう》も行うが、病状はよくならない。女三の宮の元へ通うことが滞りがちになった隙を衝いて恋慕の思いを断ち切れない柏木が、女房の手引きで女三の宮の寝所に忍び込む。

柏木は、自分のかねてからの恋慕の情を語ることが許されればうれしい、との思いだけであったのがあまりにも間近に接し、思いを抑え切れずに一夜を過ごす。

女三の宮はぐっすり眠っていた時に男の気配がしたので、源氏かと思い込んでいたら抱きあげられ、源氏ではない別の男と気付いた時には、もう驚き、怖くて震え、柏木が綿々と思いを告げても、言葉も出せず、ただ恐ろしくて泣くばかりである（「若菜下」の帖）。

源氏の若いころの無謀な恋、人妻であった空蝉《うつせみ》の寝間に忍び込んだ際、空蝉が逃れられない中でも「私は人妻ですよ、身分が低いからこのような無体なことをなさるのですか」

と抗う場面があった。

上流貴族の源氏とは、心が魅かれても身分違いと己を律し、二度と逢うまいと手紙すら拒否する。

そうした身の処し方が皇女とはいえ女三の宮には皆無である。

ただただ恐ろしく、声も出せず、柏木が夜明けにそそくさと帰っていったところで、やっとほっとした様子である。柏木は犯した罪におののきつつも女三の宮への妄執は止められない。

やがて、女三の宮の妊娠。

源氏が女三の宮の褥《しとね》（敷物）の下から柏木からの手紙を見つけ、二人の不倫を知り、さらに女三の宮の妊娠は柏木の子供であることを悟《さと》ってしまう。

男からの手紙を置きっぱなしにしているような女三の宮の不用意な性格を源氏も情けなく感じているようで、読者も物語の展開にはらはらしてしまう。

この折りの源氏の心模様を原文では、

『されば よ』と、いとむげに、心にくき所なき御有様《ありさま》を、『うしろめたし』とは見るかし」と、おぼす

（「やはりそうであったなあ」、まったく思慮の欠けた様子が気掛かりで「心配なお人だとは思っていたが」と思われる）（「若菜下」の帖）

と源氏には、結婚以来、幼く大人の女性に成りきれていない女三の宮への落胆ぶりが感じられる。

この不倫は源氏には大変なショックで、柏木の若さを妬み、己の「老い」を思い知らされる。もちろん女房たちに不倫を気付かれては己のプライドが許さない。柏木と女三の宮に陰湿な嫌味で、他人にはそれと気付かれないようにしつつねちねちといびる。

初老期に入って、人生で初めて防御に回った源氏は二人の若さへの嫉妬が抑えきれない。己に非のあることはわかっていてもいたたまれない柏木は、心身ともに衰弱し女三の宮への恋慕の情は増すばかりだが病に伏せってしまう。女三の宮は、おっとりとした皇女の

時代から源氏の元に降嫁して穏やかな日々を過ごし、何ら不満も感じなかったであろう生活が一変したのは、柏木の一方的な妄執からで、源氏の嫌味に耐えられず、柏木の命がけの恋情に答えるすべもない。

三者三様の苦しみの中で女三の宮は男君を出産した。源氏は、女君なら夫になる人以外にはあまり顔を見られないが、男君では童殿上《わらはてんじょう》（貴族の子息が内裏の作法を見習うため殿上し奉仕する）に始まって幼児の時から人目にさらされる、柏木に似ていると思われたらどうしようとの不安から、母子をいとしく思う余裕などない。

源氏の愛情の無さに耐えきれない女三の宮は、源氏の元から何としても離れたい。尼になるしかない、尼になりたい、尼になろう。

全く自分の意思を持たずに過ごしてきた女三の宮が、人生で初めて自分で自分の生き方の意思表示をする。

源氏はむろん世間体を鑑みて許さない。

女三の宮の産後の肥立ちの良くないことを聞いた父朱雀院が、夜中に見舞に訪れ、女三の宮の願いを聞き入れてその夜のうちに戒を授け、女三の宮はあっさりと尼になってしまう。

いままで常に弟の源氏に負けていた感じの朱雀院の鮮やかな仕儀は、今回は源氏のおたおたした様子に対し見事な存在感を示している。

朱雀院にその気があったのかは不明としても、一生涯のお終いに源氏へのダメージの大きい「意趣返し」である。

柏木は女三の宮の出家を聞き、幸せに出来なかった己の罪を悔い、生きる力も失せて、泡のように亡くなる。

女三の宮は柏木の死を聞いて、可哀そうにとだけは思う。

ここに『源氏物語絵巻』の名場面が残されている。

女三の宮の産んだ男君は薫君《かおるぎみ》と呼ばれ、外聞には源氏の子息である。

薫君の「五十日《いか》の祝い」、初めて幼子を人前に披露する祝いの日が描かれている。幼子を抱いて源氏が人知れず嘆息しているシーンである。

斜めに前のめりに幼子を覗き込む源氏、今にもずり落ちそうな薫君、源氏の複雑な心の内が不安定な構図に現れていて、観る者も楽しいはずの幼子の祝いに影を感じさせる、物語の内面を象徴した名画である。

この絵巻に関して『朝日新聞』平成二十七年十一月十四日付の朝刊にあるニュースが報道され、驚く。次に記事より抜粋してみる。

「この絵巻を保存修理の過程で解体、本画を補強する古い裏打ち紙を除き、透過赤外線などで撮影した。すると幼子を抱く光源氏を描いた「柏木三」で、胸で組まれた幼子の両手は、下絵では源氏に差し伸べる形だったと判明した。（中略）数回の手直しがあった。源氏の苦悩を思うと薫がほほえんで手を伸ばすのは具合が悪い。内容を掘り下げようとする絵師の苦心のあとがわかる」とある。

『源氏物語絵巻』は白河上皇《しらかわじょうこう》、鳥羽天皇《とばてんのう》の中宮璋子《ちゅうぐうしょうし》との御下命《ごかめい》によって千百十九年から制作との説からすれば約九百年の時を経て、秀逸なる名画にはこのような絵師の苦心があり、最新の科学の力で九百年前の絵巻の手直し跡を知ることが出来るとは、『源氏物語』愛読者にとっては感涙してしまうような思いがけない大プレゼントである。

さて物語では、女三の宮降嫁からすでに十年、源氏も五十歳になる。尼になった女三の宮は父朱雀院より譲られた三条宮邸に移って源氏との距離を置きたいと願っているが、源氏は六条院から手離さない。柏木との一件は今も許す気持ちはなく、女三の宮も辛い。尼になっているので、几帳《きちょう》越しではあるが、源氏はしばしば訪れ、まだ若い女三の宮の変わらぬ可愛い可憐な姿に、いまさらながら尼にしたことを悔やみ、好き心すら覚える。が、女三の宮の心はかつてのおっとりした素直な幼女のようなにこにこした女君から、苦悩を乗り越えて彼女なりの大人の女君に成長している。

「横笛《よこぶえ》」「鈴虫《すずむし》」の帖には二人のそれぞれの気持ちが行き違いになっている様子が秋の風月と共に描かれる。

女三の尼宮の御持仏の開眼供養《かいげんくよう》の催しを源氏が執り行う。立派な法会の準備をしながら、まさか仏事の供養の支度を共にすることになるとは、と源氏は涙ぐむ。

二人の気持ちの現れている歌を見てみる。

はちす葉をおなじうてなと契りおきて露のわかるゝけふぞかなしき

(一蓮托生、来世では同じ蓮の上に乗ろうと約束したのに、この世で別れて暮らすのは悲しい)

女三の尼宮の返歌は、

へだてなくはちすの宿をちぎりても君が心や住《す》まじとすらん
（同じ蓮の台に住もうと約束しても、御身の心は一緒に住もうとお思いではないでしょう）（「鈴虫」の帖）

今さら何を、とでも言うような冷たい女三の尼宮に源氏は苦笑する。

その頃から二年ほどが過ぎ、紫の上が六年の闘病生活の末、源氏に看取られ亡くなる。源氏の落胆と憔悴は深く、「幻《まぼろし》」の帖には亡くなってからの一年を季節の移ろいの風物に紫の上との想い出を重ねて語られていく。

春の花が咲き乱れる頃に源氏は女三の尼宮を訪れ、紫の上の住まいの前庭に、植えた女主人が亡くなっても山吹の花が例年よりも美しく咲き誇っているのを哀れに思う、と己の寂しい心の内を春の花に寄せてしみじみと語る。

「谷には春も」

とだけ答える女三の尼宮。

古歌にある

「光なき谷には春もよそなれば　咲きてとく散る物思ひもなし」

からの引用で、尼の身には世俗の花の咲こうが散ろうが関心がない、との意か。

紫の上の死で気落ちし、心身ともに弱っている源氏には、女三の尼宮の歌に救いのない冷たさを感じ、なおのこと紫の上の優しく奥ゆかしい性格を思い出している。

この関わりを最後に源氏の生存中に女三の尼宮は物語に登場しない。

源氏が亡くなってから、父朱雀院から譲られた三条宮邸に移り、仏念勤行の穏やかな生活ぶりが「宇治十帖《うじじゅうじょう》」の「匂宮《におうのみや》」の帖に語られている。

あの表向きは源氏の息子、じつは柏木との間の息子である薫君も女三の尼宮と一緒に暮らしていて、薫君二十歳前後のことになっている。

とすれば、この頃女三の尼宮は四十二、三歳位か、平安時代では中年を過ぎ、初老であろう。

中将に昇進している薫君を頼りにしている母君に、薫君は自分の出生に疑問を持ちつつも聞けない。

「橋姫《はしひめ》」の帖で薫君は、柏木の乳母の子弁《べん》の君《きみ》に柏木と母女三の宮とが交わした文を渡され己の出自の秘密を知る。

しかし出生の秘密の解けた後、母の元を訪れてもいつものように何の心配事も無さそうで恥ずかしそうに経本を隠す幼子のような様子に、若き頃の秘密を知ってしまったと話すことなどできそうにないと思い、薫君は母女三の尼宮と柏木との秘話は自分の胸一つに納めることにする。

息子に見守られ幼女のようにくったくのない老後を過ごしていた女三の尼宮が病で伏しているらしいことが「蜻蛉《かげろう》」の帖でわかる。

薫君が母女三の尼宮の病気平癒を祈願しに石山寺に籠っていることが語られている。

この時薫君は二十七歳。とすれば女三の尼宮は四十九歳頃。

薫君が石山寺まで祈祷に訪れるほどかなり重い病かもしれないが、心優しい息子にたぶん最後まで見守られて穏やかにあの世に旅立って行ったと想像される。

人生の中程に大層な激変に翻弄されるが、息子にも語ろうとはせず、かと言って幼女のような可愛らしさは失わず皇女らしく大らかに最後の幕を閉じたのであろう。

柏木との事件の後、源氏との生活には将来は見いだせないと判断し、尼になるという大きな決断をし、素早く実行したことで、源氏との間に距離を置き、中年以降の生活を安穏なものにすることが出来た。

夫の源氏はあまりにも年上で、さりとて父親のように甘えられず何ごとにも説教がましく怖い夫であった。柏木には一方的な激情で迫られ、どちらも彼女に似つかわしい愛し合える男君ではなかったことで、何の咎《とが》もない彼女を不憫に思う。

熱心に仏道に励むほどでもないが、息子の薫君に優しく見守られ、ゆっくりと老いていく様子に読者もほっとしたであろう。

十四

頭《とう》の中将《ちゅうじょう》と光源氏の「男の友情」は終活を豊かなものにする

光源氏といえば天皇の皇子で、臣下に下されたものの、容姿の優美さ、学問、詩歌に優れ、幼い頃から兄の皇太子すら及ばない、輝くような資質の持ち主である。

源氏は十二歳で元服《げんぷく》し、四歳年上の左大臣の姫君葵《あおい》の上《うえ》と結婚する。その兄が蔵人《くろうど》の少将《しょうしょう》、後の頭の中将である。蔵人の少将の母親は桐壺帝《きりつぼてい》の妹大宮《おおみや》であるから、家柄からみて源氏にひけをとらない。

物語の第一帖「桐壺」にはまだ官職が蔵人の少将として初登場した彼は、次の「帚木《ははきぎ》」の帖ではすでに五年経ち、プレイボーイぶりを発揮して、女についての蘊蓄を語る。これが有名な「雨夜《あまよ》の品定《しなさだ》め」と言われる部分である。

この時には官職も頭の中将に上がっている。

品定めの話が読者に印象が鮮烈なのか、頭の中将とは官職名であり、彼もその後出世して三位中将《さんみのちゅうじょう》、権中納言《ごんのちゅうなごん》と呼び名が変わっていっても読者はいつも「あの頭の中将ね」と個人名のように思ってしまう不思議な人物である。

第一帖の登場から家柄でいえば最も源氏に対抗できる若者であるが、本人も義弟に対して、ライバル意識がある。

地位、学問、舞楽、女、と公私ともに何ごとにつけても良きライバルとして競い合い、最高の親友でもある。

桐壺帝が催した紅葉賀《もみじのが》の試楽《しがく》(予行演習)に源氏と頭の中将とで『青海波《せいがいは》』を舞う。源氏十八歳、すでに桐壺帝の女御《にょうご》、藤壺《ふじつぼ》と不義密通のうえ、藤壺は懐妊している。藤壺の前で舞う源氏は気持ちの入れようも加わって、舞い姿は別格である。

一方、共に舞う頭の中将を原文では、

たち並びては、花《はな》のかたはらの深山木《みやま》なり

(源氏と並んで舞うとは、花の傍らの雑木のように思えて風情がない)(「紅葉賀」

の帖）

と、頭の中将の奮闘ぶりにも、作者の紫式部の筆は容赦ない。

が、そうは言っても、当代随一の源氏と共に舞うことの出来る公達は頭の中将以外には見当たらないのである。この日の『青海波』の舞いを桐壺帝は源氏の相手役も悪くはなかった、舞う様はやはり良家の子弟は格別だ、と頭の中将を褒めている。この時源氏十八歳であるから、頭の中将は二十四歳ころか、若く美しい二人は末摘花《すえつむはな》や老女の源典侍《げんのないしのすけ》などの恋愛模様にも競い合い物語を盛り上げる。何ごとにも源氏の方に軍配が上がるが、頭の中将は引け目などどちらとも思っていない。堂々と勝負する。

源氏二十六歳の頃、朧月夜《おぼろづきよ》との密会を右大臣、弘徽殿女御《こきでんのにょうご》側に見つかって官位を剥奪され、東宮への謀反などと噂が広まる。この危機を逃れるために源氏は須磨《すま》への退去を決意する。

すでに父の桐壺帝は亡く、正妻の葵の上も亡い、左大臣側から右大臣側に世の潮目が変わっていく。今まで源氏側に付いていた者も源氏の須磨行きを機に離れていく。源氏が初めて味わう世の、人の厳しさであった。

須磨で侘しく都から取り残されていた頃、頭の中将が須磨へ見舞いに訪れる。源氏を訪れることは、己の地位を危ういものにしかねない、弘徽殿女御側に見つかれば、頭の中将といえども罪に問われないものでもない。それを承知で、訪れたのだ。源氏はその友情に涙する。

頭の中将の行動はいつも清々しく男らしい。

源氏はあまりに優れ、容貌、教養、趣味すべてにおいて一遍の曇りもなく不可能もない。物語の主人公から読者の方には降りてこられない。頭の中将は己の近くに居て欲しい男性である。当時の読者も一千年経った今の読者も女性にとって、恋人にも、夫になっても頼もしい、と思える理想的な男性である。

須磨で友情を確認しあった二人であるが、明石から都に戻った源氏が青年時代を脱皮して政治家として大きく変貌していくように、頭の中将もまた、源氏と張り合い、追い越そうと躍起になっていく様子が物語を一層面白くしていく。

源氏が三十歳になり内大臣に、頭の中将は三十代半ばで権中納言に昇進し、二人を中心に政治も宮中も動くと思われるほどの充実ぶりである。

頭の中将は冷泉帝《れいぜいてい》に娘を女御として入内《じゅだい》させている。そこへ源氏が藤壺と画策して養女として後見していた六条御息所《ろくじょうのみやすどころ》の娘を梅壺女御《うめつぼのにょうご》として冷泉帝に入内させる。あれほど青春の友情を示していた二人が三十代となって娘の後宮《こうきゅう》での争いを扇動《せんどう》していく。女御の中から中宮になるのは一人であるから、娘を中宮にさせることに策を巡らせねばならない。娘が中宮になれば、天皇の後ろ盾ともなって実権を握ることができる。あれほど純な友情で結ばれていた若き頃の源氏と頭の中将もいまや中年の政敵である。

絵に造詣の深い冷泉帝を己の側に振り向かせることに二人は躍起になった結果、双方に集められた絵で勝負をつけようということに発展する。

「絵合《えあわせ》」の帖は平安時代の「絵」による勝負という文化的に質の高い遊びの場が開かれる様子が描かれ、平安文化を垣間見られる楽しみに加え、二人の競い合いにも熱がこもっている場面である。

最後の絵である源氏の須磨での侘しさの中で描かれた旅日記に軍配が上がり、梅壺女御、源氏方の勝利となる。

勢いの出た梅壺女御が秋好中宮《あきこのむちゅうぐう》となり、頭の中将はここでも源氏に負けてしまう。

それではと、側室《そくしつ》の生んだ姫君雲居《くもい》の雁《かり》を東宮妃として入内させようと考える頭の中将は、かつての青年の友情は消え、いまや源氏には政敵として熱くなっている。入内候補の姫君雲居の雁は頭の中将の母親、大宮の元で同様に育てられていた、源氏の長男夕霧《ゆうぎり》とすでに幼い恋を育んでいる真っ最中。それを知った頭の中将は母親の大宮に監督不行き届きと怒り散らす始末。彼らしい真っすぐな気性が今の時代でも変わらない男性の姿、父親像を浮かび上がらせて彼に同情しつつもおかしい。

「雨夜の品定め」（「帚木」の帖）と言われて有名な頭の中将の恋愛談義の中で語られていた女が、後に源氏との恋愛進行中に、六条御息所《ろくじょうのみやすどころ》の物《もの》の怪《け》に取り殺されてしまう夕顔《ゆうがお》である。夕顔にはその時三歳くらいになる女児がいた。

源氏は夕顔の死後、女房右近《うこん》を引き取っていたために二十年経った後、その娘玉鬘《たまかずら》を探し出すこととなる。『源氏物語』の後半のヒロインとなる玉鬘は源氏の娘と公表されていて、物語を華やかに彩っていくが、実の父親の頭の中将は夕顔と自分との間の娘とは全く知らされない。女の成人式、御裳着《おんもぎ》の式の腰結役《こしゆい》を頭の中将に任せるということで、玉蔓の実父であることを明かされる。ここでも源氏に出し抜かれて、物語が華やかに繰り広げられるシーンでは蚊帳《かや》の外《そと》である。

夕霧との幼い恋を引き裂き手元で育てていた雲居の雁は、もう入内の望みもない。源氏か夕霧が頭を下げてくれれば結婚を許そうと思っているが、源氏側は一向に切り出してこない。娘も年を取っていく。やむなく藤の花の宴を催して夕霧を招き、雲居の雁の元へ息子の柏木《かしわぎ》に手引きさせ、一家歓待で結婚を許す。娘には怒ったり引き離してみたりしたものの、夕霧の真面目さ、出世、思い続ける娘に気を揉む微笑ましい親心である。

この頃源氏は准太上天皇《じゅんだいじょうてんのう》に昇り、皇族と同列になる。頭の中将も太政大臣《だいじょうだいじん》となり、源氏から政務のすべてを任されている。

四年ほどが経ち、冷泉帝が病のため退位すると、それを機に頭の中将も太政大臣を引退した。ゆっくりと老後を過ごすつもりだったのだろうか。

あれほど源氏に何事も対抗心を掻き立ててきた彼にしては、政治からの引退は意外にあっさりしている。もうやりきったという思いだったのかもしれない。

十余人という子だくさんの彼であるが、娘は四人も入内させて、中宮に立后、さらには皇子の誕生をと強く願うが、思うようには行かなかったことは心残りであったろう。

長男の柏木は若くして学問、詩歌、楽にも優れ、源氏の長男夕霧と共に次世代を担うホープと目されている自慢の息子である。

物語の後半「若菜上《わかな》」の帖で源氏が朱雀院《すざくいん》から女三の宮《おんなさんのみや》の降嫁を託されてから、頭の中将の老後は予想だにしない展開に翻弄されていく。

輝かしい将来を親子はもちろんのこと周りの誰もが疑いもしなかった柏木が、あろうことか源氏の若き正妻女三の宮に横恋慕し、思いを遂げてしまったのだ。さらに女三の宮は柏木の子を懐妊する。

源氏が柏木から女三の宮へ宛てた文を発見し、秘事が知られてしまう。源氏の逆鱗に触れ、柏木は苛められ、病に伏せってしまう。

父親の頭の中将は何も知らない。

あの健康で優秀な息子がなぜ突然崩れ落ちたようになったのか、頭の中将には見当も付かない。源氏と夕霧との父子関係には母親が亡くなっていることもあってかどこか冷ややかなものを感じさせるが、頭の中将と柏木の父子の間には自然で素直な普通の感覚があったように思われる。

しかし事が事だけに、柏木は最愛の父親にも何も語らない。

頭の中将も家族思いで、仕事は完璧、健康な体に真っ直ぐな精神の理想的な男性、一家の当主であるが、こうした時に繊細な感覚は持ち合わせていないようで、柏木の苦悩を推し量ることは全く出来なかった。

柏木の正妻女二《おんなに》の宮《みや》（落葉の宮）は皇女からの降嫁であり、十分な看護が出来ないと頭の中将は自邸に柏木を引き取り、病の原因がわからぬまま必死で看病する。ここでも子供を愛する熱い父親である。

看病の甲斐なく柏木は亡くなる。

子が先に逝く逆縁に、頭の中将の嘆きは人目もはばからない。

柏木の親友夕霧の訪れは、なお一層息子を思い出して辛い。身も世もなく嘆くさまを原文から抜き出すと、

かう深きおもひは、その、大方《おほかた》の世のおぼえも、官《つかさ》・位《くらゐ》も思《おも》ほえず、たゞ、異《こと》なる事な

かりし、身づからの有様《ありさま》のみこそ、堪《た》へがたく、戀《こひ》しかりけれ。なにばかりの事にてかは、思《おも》ひ、さますべからん

（亡くなった息子を思っての愁傷は、世間での人望や官位などは考えられず、ただ特別なことでもなく柏木本人の元気だった様子だけが恋しいのです。どうしたら悲しい思いを忘れることが出来るのでしょうか）（「柏木」の帖）

太政大臣まで上り詰め、冷泉帝の退位と共に引退し、致仕《ちじ》（辞職）の大臣となって楽隠居を決めたころの逆縁はあまりにも過酷であろう。

五十半ばくらい、今の感覚でいえば七十代か。

太政大臣を引退しなければ、否応なしに政務に追われたり、人との接触も手伝って悲しみが消えないまでも幾ばくか紛れるかもしれない。

老後にこのような深い悲しみに落ち込むとは、それも輝かしい頭の中将に、と当時の読者も同情の涙を流したであろう。

柏木の一周忌に源氏は読経の供養の施物を贈る。さらに源氏と女三の宮との若君として

世間には思われている薫君が、実は柏木の子であることを思い、若君の名で供養料百両を供える。

読者はどきっとしなかっただろうか。

が、当の頭の中将は、ただ源氏の厚い供養に感激し喜び礼を述べている。

源氏は柏木密通の件を頭の中将にも息子の夕霧にも漏らすどころか、全く素振りすらみせていない。

頭の中将との友情を重んじたわけではなく、己の失態を知られたくなかった、弱みを見せたくなかったのだろう。

密通を知ったときからの苦しみの中では柏木の父親頭の中将に皮肉の一言でも言いたい時もあったのではと想像するが、この時の源氏の我慢が二人の老後を慰めあう長い友情を繋いでいたのだ。

柏木の一周忌には源氏は柏木を、許せない一件ではあるが、有能な若者と、誰よりも目をかけていただけに、可哀そうなと悼み、なつかしくさえ思っている。愛らしくなってきた若君にも不憫に思う。

繊細な源氏と深く考えない素直な頭の中将。

見る影もないほど長男柏木の死に落ち込んでいる頭の中将であるが、子だくさんゆえ、老後になっても次々子供の難問に振り回される。

柏木の親友、源氏の長男の夕霧は、源氏のように浮いた噂ひとつなく真面目と評判であったが、親友柏木の死後、柏木からも頼まれていた正妻女二の宮を気遣う内に恋心を抱き、女二の宮の気持ちなどにはお構いなく一方的に加速してしまう。夕霧の正妻は頭の中将の娘雲居の雁である。

頭の中将は、娘婿の夕霧が、長男柏木の未亡人女二の宮を愛人にしているという複雑な家庭内騒動の渦中に巻き込まれる。雲居の雁がいたたまれず、父頭の中将の三条の邸に戻った時には、軽はずみなことを、と娘を諫めてはみたものの、原文には、

よし、「かく言《い》ひそめつ」とならば、何《なに》かは、おれて、ふとしも帰《かへ》り給ふ。おのづから、人の気色《けしき》・心ばへは、見えなん
（まあ、よい「このように言い出した」ことなら、こちらから折れて帰ることもない。

そのうち夕霧の態度や心の程がきっとわかってくるだろう）（「夕霧」の帖）

と、世間体よりも娘をかばう熱き父親ぶりをここでも見せる。

娘婿の夕霧にしても、舅《しゅうと》の頭の中将の性格はよく見抜いていて、

「年配者らしい落ち着きなどなく、性急に物事の決着を付けたがる、騒ぎ立てる」

などと分析している。

ゆっくりした老後の生活をと思って太政大臣を引退したのに、子供たちの生活に振り回され時にはいきりたつこともあるが、愛すべき一家の長で家族を愛する父親である。

源氏の愛妻紫の上が亡くなった節には心から源氏を案じている。原文に、

あはれをも、折過《をりす》ぐし給はぬ御心にて
（物の情愛の深い几帳面な御気性なので）（「御法《みのり》」の帖）

源氏の愛した紫の上をたたえ、亡くなられたことを心から残念に思い悲しみ、しばしば

光源氏と頭の中将は紆余曲折を経て、大切な老友に

弔問に訪れている。

幼い頃からの純な友情から、文武で競い合うライバル、中年には政敵となって火花を散らしたものの、老いて息子を亡くしたり、愛妻に先立たれたりと言った不遇を互いに癒しあう老友となっていた。

そこには作者紫式部の「男の友情」というものへの憧れのようなものが感じられる。

源氏は柏木の事件の折り、父親の頭の中将には、一言も漏らしていない。

息子の不始末に皮肉の一つも言いそうであるが、己の口を封じている。

むろん、源氏の恥であり、見栄、保身もろもろから、他言できなかったであろうが、頭の中将にそよとも気取《けど》られなかったことが、二人の友情が晩年まで半世紀の長きに渡って続いた所以でもある。

左大臣の息子と婿で今は親もみな亡くなって、己の明日もはかない頃に、昔を思い、懐かしむ故人のことも共通である友は得難い。千年前も今も変わらぬ老境の思いが二人にはある。

源氏の最晩年は「幻《まぼろし》」の帖で閉じられる。

時は二人の子や孫の次世代が話の中心となる「宇治十帖」の「匂宮《におうのみや》」の帖に「故致仕の大殿と聞こえし御腹に」

と頭の中将がすでに亡くなっていることが語られている。

源氏の死とあまり変わらない頃、六十歳前後であろうか。

長男の柏木を亡くしたが、子だくさんの彼は次男の按察使大納言《あぜちのだいなごん》をはじめそれぞれ順調に出世し、一家の主として過不足のない終活を行って、恵まれた晩年を過ごしたように思われる。

十五

大宮《おおみや》は皇女、息子と婿に振り回されつつも、品位ある良きおばあさん像

十二歳で元服した光源氏にしっかりとした後ろ盾を付けてやりたいと、父桐壺帝は、源氏を左大臣の姫君葵《あおい》の上《うえ》と結婚させる。

左大臣の正妻大宮は桐壺帝《きりつぼてい》の妹で、臣下の左大臣に降嫁している。

左大臣は貴族のなかでも最高位ではあるが、宮中の庇護から離れて降嫁した大宮は世間の中で左大臣家の女主人を担っていかなくてはならない。

大宮が物語に初めて登場するのは、娘葵の上と源氏の結婚の時で、桐壺帝の妹と記されている。

『源氏物語』の前半で最も有名な車争いが起こる発端に大宮が登場する。

源氏二十二歳の折り、葵祭《あおいまつり》に勅命により行列に奉仕することになると、美しい源氏を

見ようと都中の噂が高まる。源氏との愛を諦めて娘の伊勢斎宮《さいぐう》に付いて行こうかと逡巡する六条御息所《ろくじょうのみやすどころ》は、それでも一目行列の晴れ姿の源氏を見たいと人目につかぬように車で見物客に紛れている。

一方、葵の上は派手な祭り見物などには興味もない上に、妊娠中で気分もよくない。葵の上の女房達は祭り見物に行きたくて落ち着かない、しかも主人葵の上の夫源氏の晴れ姿は自分たちも晴れがましい思いであろう。しきりに葵の上を誘う。その様子を見た大宮は娘の葵の上に、見物に行くのも気晴らしになるのでは、と勧める。大宮の勧めで急遽、葵の上は二台の牛車《ぎっしゃ》で、源氏の正妻として堂々たる一行で祭り見物に乗り込んでいくことになる。

見物客でごった返す中を後ろから強引に割り込む葵の上の一行。ひっそりと隠れるように来ていた御息所の車をそれと見破り、こちらが正妻だと押しのける家中《かちゅう》の者たち。こうして御息所の気持ちは公衆の面前で恥をかかされずたずたにされる。

この車争いの事件は葵の上にも大宮にも責任があるわけではないが、皆が前もって楽しみにし、準備や場所取りなどしているような状況など思いも付かず、いつでも思いついたら思うようになるというのは、悪気はないがやはり一般社会のルールに乏しく、世事に疎い皇女大宮の一言であったかもしれない。

源氏を愛し続ける御息所はこの一件で深くプライドを傷つけられ、物《もの》の怪《け》となって葵の上を取り殺してしまう。

母の大宮の嘆きは深いが、残された赤子（夕霧《ゆうぎり》）を引き受け育てていく。

葵の上が亡くなった翌年の正月には毎年若い夫婦のために新調していた衣装を、源氏の分だけ今まで以上に取り揃えて新調し衣桁に掛けてある気配りに源氏は涙する（「葵《あおい》」の帖）。

大宮の優しく愛情細やかな人柄が伝わる。

大宮は亡くなった娘葵の上と源氏との子夕霧を育てているが、息子の頭《とう》の中将《ちゅうじょう》が正妻ではない女との間に出来た娘雲居《くもい》の雁《かり》も引き受けて育てている。いとこ同志ではあっても夕霧も元服し、いつの間にか二人は幼い恋を育てていたのだ。

東宮に入内させるつもりでいた雲居の雁の父、頭の中将は怒り心頭、

「母上を信頼して、一人前の姫君に育てていただいていると思っていたら、孫可愛さにただ甘えさせているだけで、夕霧との不始末の噂、もう手元に引き取りますから」

大宮は驚き弁明するも、頭の中将は聞く耳持たず、雲居の雁を大宮からも、夕霧からも引き裂いてしまう。

源氏もこの頃、夕霧の将来を鑑みると厳しさが必要で、おばあさんの元では甘やかされて軟弱になる、と花散里《はなちるさと》に頼み大宮から引き取ってしまう。

母親のいない幼い二人に一生懸命愛情を注いで育てたのに、大宮に対する息子と娘婿の仕打ちは、女の読者には憎らしい思いがするほどであろう。

「おばあさん子は三文安い」などと言われるが、一千年前も公然と憎まれ口が聞かれていたとは祖母も浮かばれない。

「乙女《おとめ》」の帖は、夕霧と雲居の雁の幼い恋と別れの悲しい場面であるが、年取った母親に孫を自分の都合で押し付けて、思うようにいかないと母親のせいにして憎まれ口をたたく成人した息子や娘婿と、めげながらも応戦して結局言い負かされてしまう老母とのやり取りが見ものの帖でもある。

頭の中将と源氏の友情はこの頃から、政治的な駆け引きも加わって、かつてのような親友の間柄から少しずつ距離が開いていく。

物語は亡き夕顔《ゆうがお》の娘玉鬘《たまかずら》が見いだされ、源氏の元で貴公子たちをわくわくさせる華やかな舞台が繰り広げられる。

玉鬘は夕顔と頭の中将の娘である。夕顔は頭の中将の正妻から嫌がらせを受け、身を隠している間に源氏に見染められたものの、御息所の嫉妬を買い、物の怪に取り殺されてしまう。

母が居なくなってしまった玉鬘は乳母たちと九州に。成人して都に戻った所を源氏に救われる。

玉鬘が瞬く間に都の公達《きんだち》（上級貴族の若者）の噂になるほどの姫君となると、源氏は六条院から手放すのが惜しい。さらにかつてのように気取りのない仲ではなくなって、頭の中将もライバル心をむきだしにしてくる感があり、玉鬘との縁を持ち出すのをためらっている。

しかし玉鬘も二十歳を過ぎ、入内の話もあり、御裳着《おんもぎ》の式（成人式）を挙げなくてはならない。

いつまでも源氏の娘と偽っているわけにもいかないが、今さら頭の中将に子細を説明しにくい。

思い悩んだ末、源氏は大宮を訪ねる。

大宮はすでに老病で伏せっていたが、源氏の玉鬘を引き取った事の成り行きを聞き、その場に頭の中将を呼び寄せる手紙をすぐさま送る。この時の大宮が老病に伏せって居ながらも源氏の困惑している心を思いやってさらに息子の頭の中将の立場も鑑みて書いた手紙には、今までの大宮の品位のある分け隔てのない家族への愛情が垣間見える。少し長いが、原文を引いてみる。

「六條のおとゞの、とぶらひにわたり給《たま》へるを。もの淋《さび》しげに侍れば、人目《め》の、いとほしうも、かたじけなうもあるを。ことぐ〵しう、かう聞《きこ》えたるやうにはあらで、渡《わた》り給ひなんや。對面《たいめむ》に、きこえまほしげなる事もあなり」

(「源氏の大臣がお見舞いにいらして下さったのに、私の所は寂しげで、傍目にも心苦しくもあり畏れ多くもあるから、大げさにはならない程で、私が申したからというふうでもなく、大袈裟にならずにいらして下さいませんか。源氏君からあなたに

何かお話があるご様子ですので」)(「行幸《みゆき》」の帖)

と、息子と娘婿、互いを立て、差し障りのないように引き合わせ気まずくなっていた二人の間を上手に取り持つ。

二人は競争心に煽られて疎遠になっていた近年のわだかまりも解け、昔話などを思い出し再び友情を取り戻す。

大宮は母のない源氏にはどうにも困ったときに飛び込んで助けてもらえる母のような存在であったようだ。

新たに孫として公表された玉鬘にも喜びの手紙と歌を贈る。

ふたかたに言《い》ひもてゆけば玉くしげわが身離《はな》れぬかけごなりけり

(源氏君と内大臣=頭の中将=の二人のどちらからも私の孫。手箱の玉櫛笥と内箱の懸籠《かけご》が離れないように、私たちも)(「行幸《みゆき》」の帖)

二月の御裳着式の翌三月に、大宮が亡くなって皆喪に服していることが、「藤袴《ふじばかま》」の帖に記されている。

夕霧と雲居の雁の幼い恋は頭の中将に引き裂かれて七年になる。雲居の雁も二十歳になり、源氏か夕霧が折れてきたら許そうと思っていたが、いっこうに折れてくる気配の無いことに頭の中将は焦っているものの、なかなか言い出す機会がない。

ついに、頭の中将は、大宮の三回忌の三月、極楽寺で夕霧を呼び止め言葉を掛ける。さらに四月自邸で藤の花の宴を催して、夕霧と雲居の雁を娶《めあわ》せ、結婚へと運ぶ。内大臣に昇っている頭の中将としては、娘のことで、夕霧に頭を下げるのはためらわれていたのであろう。

そこで、母大宮の三回忌を口実に、夕霧をさりげなく招待することを思いついたようである。この後、大宮の住まいであった三条の屋敷を夕霧と雲居の雁の新居としたことが「藤裏葉《ふじのうらは》」の帖に記されている。

皇女の結婚には女二の宮（落葉の宮）、女三の宮などが物語に登場するが、世事に疎い様子が感じられなくもない。それゆえ身の処し方への対応に周りも己も思わぬ方へ動いて行ってしまうことにもなる。

女三の宮は源氏の正妻でありながら柏木の横恋慕を未然に防ぐ手立てもなく、柏木を死に追いやるような展開に進んでしまう。

柏木の妻であった女二の宮も、柏木亡きあと柏木の親友夕霧が好意的に後始末など世話をしてくれていたが、好意から恋慕へと変わっていくことを拒み切れず、夕霧と妻雲居の雁との奇妙な三角関係になってしまう。

しかし、大宮は皇女の生まれで降嫁し、左大臣家の女主人として、娘葵の上には先立たれ、息子や、娘婿には振り回されつつも、親身になって子や孫の面倒をみる。先の手紙のように品位ある気遣いを、老いの病に伏せっていても心得ているのは素晴らしい。生まれと育ちはやはり老後にこそ重要だと納得させられる老い方であり、美しい終活である。

一千年後も、育ち方だけでも見習ってこうありたいと思えるおばあさん像である。

亡くなっても法事の席を重宝に使われて、あの世で大らかに微笑んで頷いて居そうである。

十六 老後の無い、若年死の気の毒な三人（夕顔《ゆうがお》、葵《あおい》の上《うえ》、柏木《かしわぎ》）への、作者紫式部の優しさ

『源氏物語』に登場する女君、男君のさまざまな一生を、作者の紫式部は丁寧に愛情深く書いているが、一つの帖でヒロイン、ヒーローを演じながら、早世し老後のない人物もいる。

夕顔、葵の上、柏木の三人の早世は当時の読者も不憫に思ったであろう。

夕顔は物語が始まって四帖目に登場する。光源氏《ひかるげんじ》は十七歳で、学問、詩歌、音楽すべてに優れ、美しさも際立つ美青年であり、むろん本人も怖いものなしの年頃である。源氏は六条御息所《ろくじょうのみやすどころ》を訪ねる途中、夕顔の花に惹かれたのが縁で花の家の女、夕顔と知り合い、通うようになる。

遊び心で出会った夕顔との逢瀬に源氏の愛人六条御息所の嫉妬が物の怪《もののけ》となって現れ、夕顔は取り殺されてしまう。

亡くなってから、夕顔は源氏の親友にしてライバルの頭の中将の愛人であり、二人の間にはすでに三歳位の幼女がいたことを源氏は知る。

しかし夕顔の話はこの帖でお終いで、話は続かない。

若かりし頃の無頼な思い出として時に微かに胸の痛みを伴うものの、最高の権力者となっている源氏は三十五歳。夕顔の事件から十八年が経っている。

ふとしたことから、夕顔の残した娘が二十歳となって源氏の前に現れる。

母親似の美しい娘の名は玉鬘《たまかずら》。

物の怪に掻き消されてしまった不遇な母親、夕顔であったが、このような明るいぴちぴちした娘の登場に、夕顔の死には少なからぬ良心の呵責の念を抱いていた源氏もほっとしたことであろう。行方の知れなかった我が娘と周囲を偽って手元に呼び寄せ、若き公達の噂となるように世話をしていく。

玉鬘の登場は源氏を高揚させ、物語の新しいヒロインの登場は、以後十帖もの長きを引っ張っていく。

一度切れた夕顔の命が玉鬘に引き継がれ、いきいきと生きていく様は読む者を安堵させ勇気付ける。

葵の上は『源氏物語』トップの「桐壺」の帖のお終いに、源氏十二歳で元服の日、四歳年長の十六歳で結婚とある。

が、源氏は父桐壺帝の后藤壺に思いを寄せているので、葵の上には美しいがよそよそしい冷たさを感じて初めから気が向かずなじめない。

舅《しゅうと》の左大臣がしきりに気を揉むものの、まだ若い源氏は藤壺の代わりを求めるかのように恋の浮名を流したが六条御息所はその一人。

そして有名な葵祭の車争いとなり、多勢の前でプライドをずたずたに傷つけられた御息所は、行き場のない源氏への妄執から物の怪となってちょうど妊娠した葵の上に取り付いてしまう。

葵の上は男児を出産したあと、ついに物の怪に取り殺されてしまう。

葵の上は時の最高権力者、左大臣を父に、母は桐壺帝の妹という、皇族にも繋がる家柄で、皇子との結婚が約束され、そのような教育を受け、美しく、当代トップレベルの姫君であった。それが、今を時めく、輝くような貴公子の源氏とはいえ、まだ十二歳では夫として従うには幼い。源氏の意中の人が天皇の后の藤壺とまでは知らなくても、自分に思いを寄せていないことは自然に感じていたであろう。

この結婚は源氏の将来に最高の後ろ盾を付けて置いてやりたい、という父桐壺帝と、源氏の将来に賭けた舅との愛情であるが、葵の上には可哀そうな結婚であった。

ほぼ十年間の結婚生活であったが、産後の肥立ちが悪く弱々しい葵の上の様子に源氏ははじめて愛らしく、いとおしく思う。

が、夫婦愛を覚えたのも束の間、子の出産に嫉妬して耐え難い思いの御息所の妄執の物の怪に取り殺されてしまう。『源氏物語』「葵《あおい》」の帖ではこの帖のヒロインであるのに、車争いで、本人の及びもしない所で御息所の怒り、嫉妬を買い、夫の源氏に満たされぬ思いを告げるわけでもない。

幾度も訪れる物の怪に身を削られ、難産と戦い、産後の疲れて弱った所で、源氏のはじめて見せた夫らしい優しさに甘えることもないまま、父左大臣も源氏もみな宮中の儀式に出仕した隙に物の怪に取り殺されるという最悪の人生の閉じ方である。何とも気の毒な女君である。

源氏の正妻でありながら存在感を見せることもなく、二十六歳という若さで亡くなった葵の上は苦しみながらも源氏の長男夕霧を残していく。

夕霧は祖父母である葵の上の父左大臣と母大宮に育てられ、源氏の厳しい教育を受け真面目に勉学に励み、次代を担う若者に成長していく。

夕霧は『源氏物語』の中でも中核を担い、幼なじみの雲居《くもい》の雁《かり》と結婚し、多くの子供に恵まれ、父源氏の晩年には諸々源氏に代わって取り仕切り、すっかり頼られている様子が見られる（「幻《まぼろし》」の帖）。

「宇治十帖《うじじゅうじょう》」では右大臣になっていることが見られ、葵の上の凄惨な若死にの哀れさは、夕霧の万々歳ともいえる人生で報われているのかもしれない。作者の紫式部の優しさを感じるが、夕霧に父源氏のような稀な美意識の高い、天賦の才能などを与えていないところは、また紫式部の配慮かもしれない。

柏木《かしわぎ》は『源氏物語』の中でもっとも哀れな若年の死と言える。

柏木は、源氏の親友でライバルの頭《とう》の中将《ちゅうじょう》の息子であり、源氏の長男の夕霧とともに次代を担う若い公達のホープであった。

恋慕していた女三《おんなさん》の宮《みや》がすでに四十歳となる源氏の正妻になったことが、柏木の不運の元となる。

源氏があまりに幼くて若い女三の宮をたいして大切に思ってはいないことを、柏木は乳母たちの話から察知し、無念な思いを募らせている。若者たちで蹴鞠《けまり》を楽しんでいる折り、女三の宮の可愛がっていた唐猫が飛び出し、御簾《みす》の合間から柏木は女三の宮を垣間見てしまう。一方的な恋慕は膨れ上がって若い柏木は理性を失い、ついに源氏の若き正妻との不義密通という取り返しのつかない仕儀に突き進んでしまう。

柏木の暴走とも思える不倫事件は女三の宮の懐妊、さらには源氏に知られるところとなり、柏木の人生は破滅へと追い込まれていく。

この時源氏は准太上天皇《じゅんだいじょうてんのう》に昇り、皇族と同列の地位にある。人事権の掌握はもとより社会的にも源氏の威光に逆らうことは都での貴族生活を絶たれたにも等しいほどであろう。もっとも源氏にしてもこの不倫事件が世に知られることは、最高の権力者として君臨している現在、プライドが許さない。

ちくちくと源氏に虐められた柏木はどこにも救いを求めることもせず、死に追い込まれていく。

柏木が女三の宮に送った最後の歌と手紙、

「いまはとて燃えん煙もむすぼゝれたえぬ思ひのなほや残らん

「あはれ」とだに、の給はせよ。心のどめて、人やりならぬ闇《やみ》にまよはむ道《みち》の光《ひかり》にも、し侍らむ」

（「私の亡骸を焼く煙ももつれて、あなたへの慕情はいつまでも残るでしょう。「可哀そうに」とだけでもおっしゃって下さい、そうすれば私も心を鎮めて一人行く暗い冥途の道の光としましょう」）

小侍従に催促され、しぶしぶ書いた女三の宮の返事は、

たちそひて消《き》えやしなまし憂《う》きことを思《おも》ひ乱《みだ》るる煙くらべに
おくるべうやは

（私も火葬の煙と一緒に消えてしまいたい。辛い思いで乱れるこの煙はどちらの方が辛いのでしょうか、私も生き残りはしないでしょう）（「柏木」の帖）

この文を受け取った柏木は、この言葉を思い出として自分の一生は終わるのだと泣く。女三の宮は若宮を出産したものの、源氏の冷たさにこれからの行く末を悲嘆し、父朱雀《すざく》院《いん》に強く願って出家してしまう。

出家を聞いた柏木はなおいっそう生きる力を失い、亡くなる。

女三の宮への妄愛の証でもある子供を抱くことはむろん、名乗ることもなく、原文に「泡のように」とあるようにポツンと水滴が消えるようにこの世を去る。

『源氏物語』の中でのエリート青年だっただけにもっとも哀れな亡くなりようである。

己の招いた妄愛の果てのこととは言え、三十歳前後の若さでの死であった。

柏木と女三の宮との間に生まれた男児は薫君《かおるぎみ》と呼ばれ誰疑うことなく源氏の子として育っていく。

物語は進み、源氏の老年を語って、「幻《まぼろし》」「雲隠《くもがくれ》」の帖で源氏の最期となる。

その後物語は次世代の話に移り、「宇治十帖《うじじゅうじょう》」では源氏の子や孫の話で新しい展開となる。

源氏の娘明石の姫君も今は明石中宮となって今上帝《きんじょうてい》との間に四男一女の皇子女に恵まれている。その三の宮は匂宮《におうのみや》と呼ばれ、紫の上の生前には身近に置いていたほどの可愛がりようであった。源氏の晩年にはともに梅の花を愛でたり、老後を慰めてくれる孫であった。

性格的にも陽である匂宮と、源氏の子であってもすでに母女三の宮は若くして出家していて、どことなく謎めいた己の出生に懐疑的な思いを抱いている陰の薫君の二人が当代きっての貴公子として、物語を引っ張っていく。

宇治で隠遁生活《いんとんせいかつ》を送る八《はち》の宮《みや》の姫君たちを巡る恋物語は二人の貴公子と姫君たちの心理描写に優れ、近代小説のようだと、評価が高い。

その冒頭「橋姫《はしひめ》」の帖で、かつて柏木の乳母の子、老女弁《べん》の君《きみ》と薫君は遭遇し、柏木の残した女三の宮との手紙類を受け取り、薫君は実の父親が柏木であることを知る。母女三の宮と柏木の不義の子であったと知った衝撃は大きく、出生の疑念が解けても薫君は新たな悩みを背負う。

母女三の尼宮を訪れても頼りなげな様子の彼女には聞くすべもない。

続く「椎本《しいがもと》」の帖では薫君は中納言《ちゅうなごん》に昇進しひときわ立派になっている。二十四歳である。公務も忙しい日々のなか、昔のいたわしい境遇で亡くなった父柏木の苦悩を思い、不義という往生《おうじょう》の妨げとなる罪障《ざいしょう》が少しでも軽くなるように勤行したい、と思っていると心の内が記されている。

生まれた息子に名乗ることも、抱くことも出来ず、「泡のように」消えた柏木であったが、どこからともなく淫靡に聞こえてくる噂話や陰険な陰口などではなく、抱いてはいけない妄愛ではあったにせよ、純粋な柏木の心情が真っすぐに息子の薫君に伝わったのは、何ともすがすがしい読後感である。

薫君の深い勤行でおそらく柏木は救われていく、と当時の読者も安堵したのではないか。

作者の紫式部は、時に冷酷と思えるような若年の死を扱っているが、器用には生きられなかった者にも「子」を授け、命が繋がっていく様を描いている。

読者がかつて亡くなってしまった不憫な若者のことをすでに忘れ去ってしまった頃にその「子」が登場したりする。

「子」は面影すら覚えていなくても母、父を忍び、心の支えとして強く生きてきている様を読者も知って感動する。

紫式部は登場人物の老後、終活まで丁寧に一生を描き切っているが、心ならずも若年で終えてしまった者へも忘れずに優れた接ぎ木を施し命を繋いでいる。

あとがき

世に言われる老いの始末に、私もまず思いついたことが古い手紙の整理でした。

その時、『源氏物語』の光源氏が最愛の妻紫の上が亡くなって一年後に、生前に彼女から贈られた手紙を読み返しては涙しつつも、残して人に見られるのは見苦しい、と破いて燃やしてしまうシーンを思い出したのです。

『源氏物語』を再読してみると、こちらが年取ったこともあるのでしょうか、思いの詰まった手紙を、自分の手で焼いて始末をする、その行いには、相当の気持ちの強さとエネルギーが必要で、心身ともに弱ってしまってからでは無理で、老いの始末、終活には、この時の光源氏のような決断が不可欠だ、と感嘆しました。

そこから、私は、『源氏物語』の本筋からは外れているかしら、と思いながらも登場人物の若い時から、中年、老年、亡くなるまでと、追いかけ始めたのです。

主役の人物の一生が一帖にまとまっているわけではなく、時を経て別の帖に初老になった姿で登場し、さらに追っていくと亡くなるところがしっかりと描かれています。

作者紫式部は様々な恋愛を描いていますが、その後の一生もまた十人十色の老い方、終活があることを丁寧に追いかけていきます。再読して感動しました。

華やかではないのですが、恋愛物語の延長の先に続く人生の終焉までも集めてまとめた原稿を、国書刊行会の佐藤今朝夫社長が、出版しましょうとおっしゃって下さいました。

私が編集者になっての初仕事が瀬戸内晴美（寂聴）先生にゲラのお届けでした。

半世紀を経て私の本のゲラを先生がお読み下さり、感動的な本の帯をいただき、大感謝です。

平安時代や、『源氏物語』のイメージをイラストにして下さった渡部真智子氏、表紙の装丁、デザインの真志田桐子氏、すべてをまとめて取り仕切って下さった国書刊行会編集担当の中川原徹氏には本当に感謝しております。ありがとうございました。

令和元年九月吉日

石村きみ子

主要参考資料

原文引用　日本古典文学大系『源氏物語』（全五巻）山岸徳平校注　岩波書店

『源氏物語辞典』　北山谿太著　平凡社

『有職故実』（上、下）　石村貞吉著　嵐義人校訂　講談社　学術文庫

『新々訳　源氏物語』（巻一～巻十・別巻）　谷崎潤一郎　中央公論社

『源氏物語』（巻一～巻十）　瀬戸内寂聴訳　講談社

『週刊　ビジュアル源氏物語』（全九十六号）　デアゴスティーニ・ジャパン

『大摑源氏物語　まろ、ん？』　小泉吉宏著　幻冬舎

『源氏物語―あらすじと歌―』　石村雍子著　しののめ書房

『源氏物語抄ときがたり』　村山リウ著（語り部）　紀伊国屋書店

『源氏物語図典』　秋山虔、小町谷照彦編　小学館

『服装から見た源氏物語』　近藤富枝著　文化出版局

著者略歴
石村きみ子（いしむら・きみこ）
三重県伊勢市生まれ
國學院大學文学部卒業
文化出版局、講談社編集部にて女性誌、書籍の編集を担当
フリー編集者として『ビジュアル源氏物語』（デアゴスティーニ・ジャパン）の企画、コラムを担当
『有職故実』（講談社学術文庫）の著者で『源氏物語』研究者の石村貞吉は祖父

光源氏《ひかるげんじ》と女君《おんなぎみ》たち
——十人十色《じゅうにんといろ》の終活《しゅうかつ》

2019年10月25日　初版第1刷発行

著者　石村きみ子
発行者　佐藤今朝夫
発行所　株式会社国書刊行会
〒174-0056　東京都板橋区志村1-13-15
TEL 03 (5970) 7421　FAX 03 (5970) 7427
http://www.kokusho.co.jp
印刷・製本　三松堂株式会社
装幀　真志田桐子
本文イラスト　渡部真智子
ISBN 978-4-336-06336-6